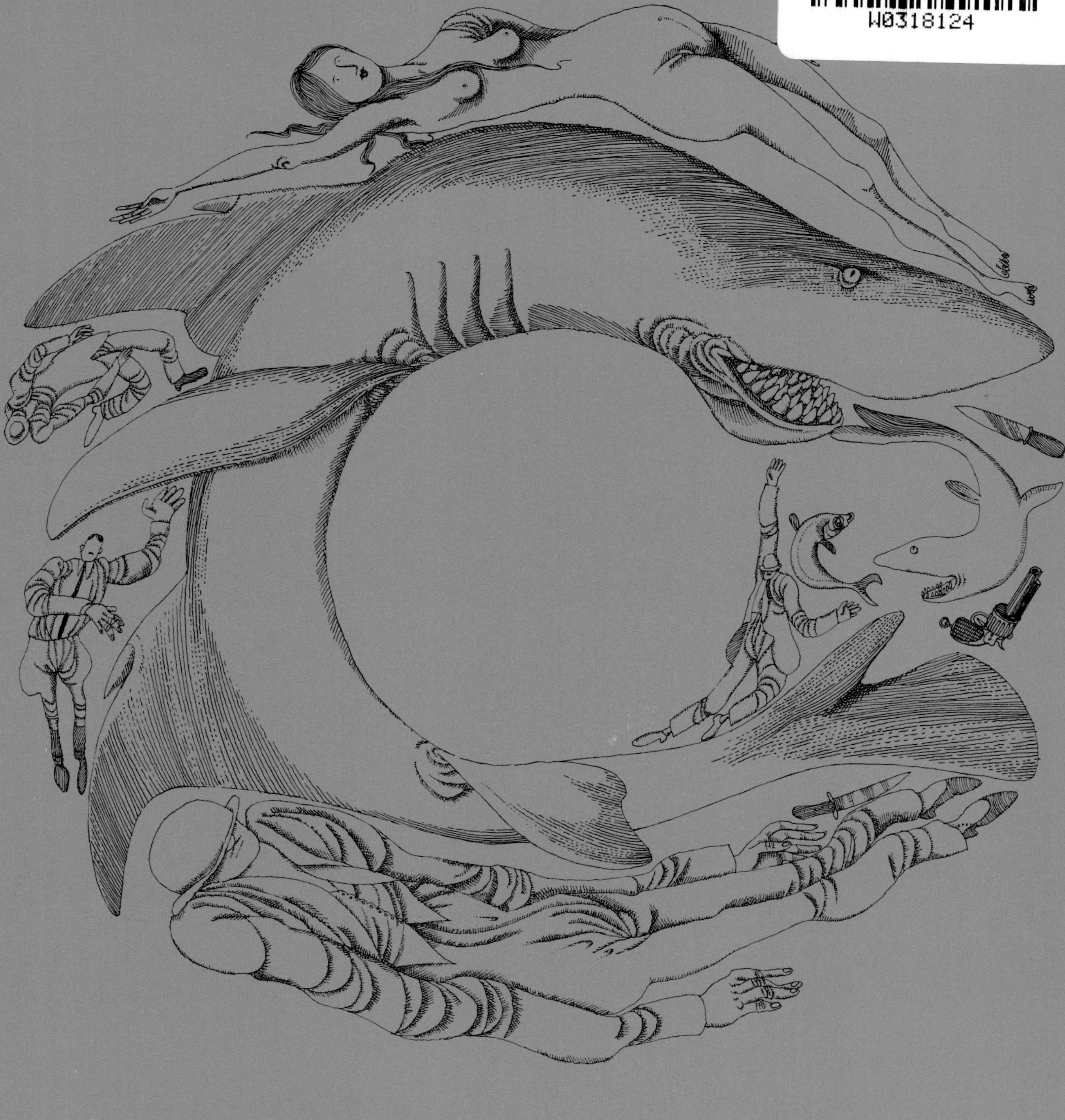

Über die irdische Liebe
und andere gewisse Welträtsel
in Liedern und Balladen
von Bertolt Brecht

Über die irdische Liebe und andere gewisse Welträtsel

Eulenspiegel Verlag Berlin

in Liedern und Balladen von Bertolt Brecht

Auswahl und Vorwort von Günter Kunert
Illustrationen von Klaus Ensikat

Einige Worte zu Brechts Liedern

1

Als Brecht die Balladen, Legenden und Lieder der „Hauspostille" schrieb, galten Balladen, Legenden und Lieder als abgestorbene literarische Gattungen: sie waren tot, oder zumindest schienen sie tot. Doch im Gegensatz zu geistes- und naturwissenschaftlichen Disziplinen, welche überholte Methoden und Mittel als dem Zweck nicht mehr gemäß für immer abstoßen, sinken Literaturgattungen wie im Märchen in einen Tiefschlaf über Epochen hinweg, bis sie eines Tages wieder erwachen oder erweckt werden, um ein neues Leben zu beginnen, wenn auch gewandelt.

Die Ballade, das erzählende Lied, war an Pathos krepiert; Zusammenbruch eines schon betagten Gaules unter der allzu schweren Last von edlen gewappneten Rittern, braven preußischen Kavalleristen, hehren Helden aus Germaniens Walhalla, deutschen Fürsten, Königen, Kaisern und was an romantisch-regressivem Pomp dazu gehörte.

Der hohe Anspruch, historisch überlebte Gesellschafts- und Verhaltensformen zu idealisieren, ergo Leitbilder zu setzen, führte letztlich ins Unzeitgemäße, in Trivialität und unfreiwillige Komik, für welche die Werke Börries von Münchhausens *das* abschreckende Beispiel darstellen.

2

Gewiß faszinierte Brecht an der Gattung genau das, was uns heute die frühen Filme so amüsant macht: ihr überdimensionaler Gestus, ihre augenrollende Dramatik, stets zwei Nummern zu groß; markerschütternde Pathetik, lächerliche Sentimentalität und weltfremdes Ethos, denn „bei hohem politischem Bewußtsein können sogar asoziale Kunstwerke genossen werden", sagte Brecht selber und war in puncto Literatur intellektueller Hedoniker, der seine eigene Art der Rezeption propagierte: den antikulinarischen Kunstgenuß, der noch aus dem Abgeschmackten Würze sog und zog.

Bezeichnend, daß eines seiner Lieblingslieder „Seemannslos" gewesen ist, eine schaurig-schöne Ballade, in der sich aufs Heiterste das ganze falsche Bewußtsein des 19. Jahrhunderts ausprägte. Brecht übernahm, lax in Fragen geistigen

Eigentums, wie wir wissen, aus dem Dichtungsfundus zum Teil die Personage, doch stellte er sie bereits in seinem prämarxistischen Stadium vom Kopf auf die Füße: aus dem ideologischen Dekor des bürgerlichen Menschen wurde auf einmal das Symptom seiner Krankheit. Jakob Apfelböck hat seinen Ursprung in der „Rasenbank am Elterngrab", Hanna Cash den ihren in Typen wie Chamissos „Alter Waschfrau"; aus der bürgerlichen Moral wird nicht Unmoral, sondern Amoral: anarchischer Vitalismus und Widerstand gegen die konformistische Bürgerwelt; Evlyn Roe eine antichristliche Maria Magdalena, an der nicht Sünde, Reue und Vergebung nach überliefertem Schema exemplifiziert werden, sondern das Versagen christlicher Weltsicht.
Balladen-Interieur müsse mehr oder weniger exotisch sein, wobei hier das Fern-Historische der Exotik zugerechnet werden soll, um die „Message" durch Verfremdung allgemeiner und parabolischer zu machen – diese Vorstellung wurde von Brecht im großen und ganzen übernommen, wie etwa lange Erprobtes, das selbst dann funktioniert, wenn man es umfunktioniert: nur diente ihm diese Art von Verfremdung nicht zur Steigerung menschlicher Idealität, zu welchem Zweck Schiller Geschichte als Folie benutzte, sondern zum deutlicheren Erkennen der gesellschaftlichen Determination seiner Figuren, wie am Beispiel Jakob Geherdas, Macheath', Hanna Cashs, Herrn Dschins, sichtbar.

3

Von den illegetimen Musenbankerten wie Bänkelsang und Moritat, die auf den Jahrmärkten Bayerns, der rückständigsten deutschen Region, von der Industrialisierung unbehelligt und somit am Leben geblieben, kam Brecht niemals los. Indem er diese von jeher plebejische, drastische und belehrende (heute: didaktische) Dichtung, populärer Ersatz den „ungebildeten Ständen" für Zeitung, Theater und Predigt, ironisiert aufnahm, hob er sie im Hegelschen Sinne auf: er bewahrte sie, da er sie zu Lyrik verwandelte. Später, nach dem ersten Weltkrieg und der Kenntnisnahme englischer Literatur, zum Beispiel Kiplings Soldatenliedern, und nach dem Einbruch der modernen amerikanischen Folklore ins bis dato blindbornierte Europa, legte Brecht sich den „Song-Stil" zu, die Grenze zum Schlager lag ganz in der Nähe, und nur durch ironische Brechung, Persiflierung, Travestie des literarisch und musikalisch Herkömmlichen und Überlieferten wurde die Grenze nicht überschritten. Aber – und das ist der Fluch der künstlerischen Tat – die Grenzen verschieben sich mit den Zeitläuften ganz von selber: so ist „Mack the Knife" ein Weltschlager geworden, denn das Mißverstandene, Angefeindete und frappierend Neuartige von gestern ist verdammt, einmal zu Opas Wiegenlied zu werden. Diesem Schicksal, dem Schicksal der Klassiker, entgeht auch Brecht nicht.

4

Aber unsere Auswahl von Balladen und Liedern soll nicht zu dem Zweck schnellerer Abnutzung beitragen, sie will vielmehr der zunehmenden und begrüßenswerten allgemeinen Gesangsfreudigkeit dienen. Daß nach – fast ließe sich sagen: einem halben Jahrhundert – passiver Kunstrezeption gerade die Jugend in vielen Ländern aktiv die Möglichkeit von Literatur und Musik zu nutzen beginnt, ihr Lebensgefühl zu manifestieren, bedeutet eine Sublimation von Triebenergien, die oft genug sich in Destruktion entluden oder speziell zur Destruktion mißbraucht wurden. Diese Auswahl tut genau das, was das Wort meint: sie wählt aus. Subjektiv. Bewußt nur einen Aspekt Brechtscher Haltung bevorzugend: den satirischen. Adäquat dem Verlag, der sie publiziert. Vielleicht vermissen manche Leser manche Lieder, aber Brechts Arbeiten sind bereits so weit und breit gestreut, daß die von irgend jemand vermißten sehr leicht in vielen anderen Ausgaben zu finden sind. Eine Brecht-Auswahl unter dem Aspekt der Liebeslyrik wiche wiederum von dieser hier ab

und brächte dem Herausgeber gewiß von anderer Seite den Vorwurf der Unterschlagung ein: den zu ertragen ist das Schicksal von Herausgebern. Diese Auswahl möchte nur, daß der Leser, der möglicherweise musikalisch unternehmungslustige, der sangesfreudige, lesend oder singend, sich selber ein Vergnügen macht. Vielleicht sogar Selbsterkenntnis herstellt, indem er, die Masken und Häute Brechtscher Gestalten und Stimmungen ausprobierend, seine eigene Subjektivität überschreitend und aus sich gelangend, sich selber kritischer sieht. Vielleicht sein Gegenwartsverständnis vertieft, weil die Gegenwart sich selbstverständlich nicht von selber versteht. Vielleicht wird die Einsichtsfähigkeit gestärkt, weil die Lieder kaum wie „Es gibt kein Bier auf Hawaii . . ." gesungen werden können; Brechts Texte gehen nämlich nicht durchs Ohr 'rein und durchs andre 'raus, ohne das Gehirn zu berühren: sie kitzeln es munter. Sicher sind Sinn und Zweck solcher Sammlung weit und vielfältig, oder um mit einem Zitat des Liederschreibers, der ja ein großer Streiter für Weite und Vielfalt gewesen ist, die Absicht des Herausgebers deutlich auszusprechen:
„Nehm jeder sich heraus, was er grad braucht!
Ich selber hab mir was herausgenommen . . ."

kunert

I. Über die irdische Liebe, welche eine Himmelsmacht ist

Kuppellied

1
Ach, man sagt, des roten Mondes Anblick
Auf dem Wasser macht die Mädchen schwach
Und man spricht von eines Mannes Schönheit
Der ein Weib verfiel. Daß ich nicht lach!
Wo ich Liebe sah und schwache Knie
War's beim Anblick von – Marie.
Und das ist bemerkenswert:
Gute Mädchen lieben nie
Keinen Herrn, der nichts verzehrt.
Doch sie können innig lieben
Wenn man ihnen was verehrt.
Und der Grund ist: Geld macht sinnlich
Wie uns die Erfahrung lehrt.

2
Ach, was soll des roten Mondes Anblick
Auf dem Wasser, wenn der Zaster fehlt!
Und was soll da eines Mannes oder Weibes Schönheit
Wenn man knapp ist und es sich verhehlt!
Wo ich Liebe sah und schwache Knie
War's beim Anblick von – Marie.
Und das ist bemerkenswert:
Wie soll er und wie soll sie
Sehnsuchtsvoll und unbeschwert
Auf den leeren Magen lieben?
Nein, mein Freund, das ist verkehrt.
Fraß macht warm und Geld macht sinnlich
Wie uns die Erfahrung lehrt.

Ballade vom Förster und der Gräfin

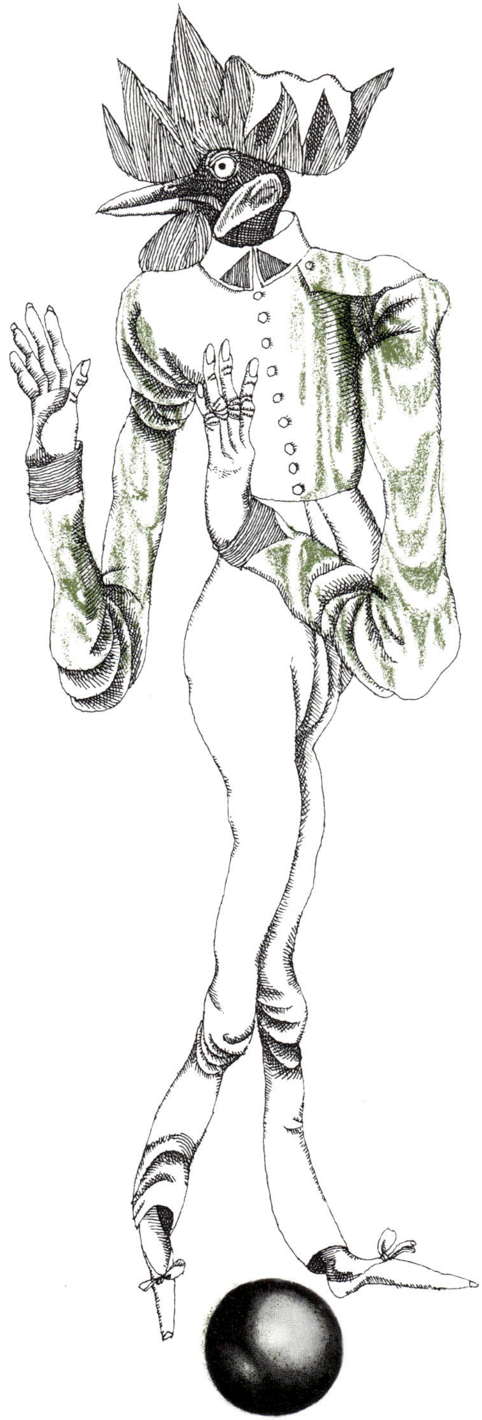

Es lebt' eine Gräfin in schwedischem Land
Die war ja so schön und so bleich.
„Herr Förster, Herr Förster, mein Strumpfband ist los!
Es ist los, es ist los!
Förster, knie nieder und bind es mir gleich!"

„Frau Gräfin, Frau Gräfin, seht so mich nicht an
Ich diene Euch ja für mein Brot!
Eure Brüste sind weiß, doch das Handbeil ist kalt
Es ist kalt, es ist kalt!
Süß ist die Liebe, doch bitter der Tod."

Der Förster, der floh in derselbigen Nacht.
Er ritt bis hinab zu der See.
„Herr Schiffer, Herr Schiffer, nimm mich auf in dein
In dein Boot, in dein Boot! [Boot!
Schiffer, ich muß bis ans Ende der See."

Es war eine Lieb zwischen Füchsin und Hahn
„Oh, Goldener, liebst du mich auch?"
Und fein war der Abend, doch dann kam die Früh
Kam die Früh, kam die Früh:
All seine Federn, sie hängen im Strauch.

Nannas Lied
(Lied des Freudenmädchens)

1
Meine Herrn, mit siebzehn Jahren
Kam ich auf den Liebesmarkt
Und ich habe viel erfahren.
Böses gab es viel
Doch das war das Spiel.
Aber manches hab ich doch verargt.
(Schließlich bin ich ja auch ein Mensch.)
  Gottseidank geht alles schnell vorüber
  Auch die Liebe und der Kummer sogar.
  Wo sind die Tränen von gestern abend?
  Wo ist der Schnee vom vergangenen Jahr?

2
Freilich geht man mit den Jahren
Leichter auf den Liebesmarkt
Und umarmt sie dort in Scharen.
Aber das Gefühl
Wird erstaunlich kühl
Wenn man damit allzuwenig kargt.
(Schließlich geht ja jeder Vorrat zu Ende.)
  Gottseidank geht alles schnell vorüber
  Auch die Liebe und der Kummer sogar.
  Wo sind die Tränen von gestern abend?
  Wo ist der Schnee vom vergangenen Jahr?

3
Und auch wenn man gut das Handeln
Lernte auf der Liebesmess':
Lust in Kleingeld zu verwandeln
Wird doch niemals leicht.
Nun, es wird erreicht.
Doch man wird auch älter unterdes.
(Schließlich bleibt man ja auch nicht immer sieb-
Gottseidank geht alles schnell vorüber [zehn.)
Auch die Liebe und der Kummer sogar.
Wo sind die Tränen von gestern abend?
Wo ist der Schnee vom vergangenen Jahr?

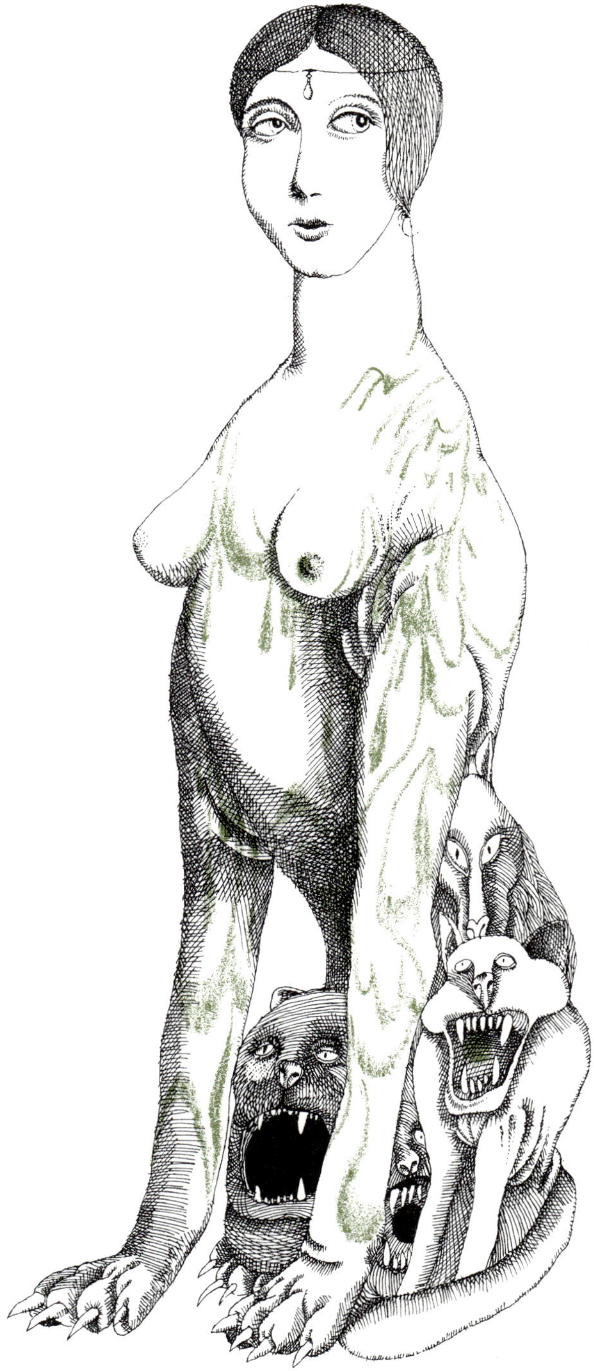

Lied der verderbten Unschuld beim Wäschefalten

1
Was meine Mutter mir sagte
Das kann wohl wahr nicht sein.
Sie sagte: Wenn du einmal befleckt bist
Wirst niemals du mehr rein.
Das gilt nicht für das Linnen
Das gilt auch nicht für mich.
Den Fluß laß drüber rinnen
Und schnell ist's säuberlich.

2
Mit elfen war ich sündig
Wie ein Dreihellerweib.
Und wirklich erst mit vierzehn
Kasteit' ich meinen Leib.
Das Linnen war schon gräulich
Ich hab's in Fluß getaucht.
Im Korbe liegt's jungfräulich
Wie niemals angehaucht.

3
Bevor ich noch einen kannte
War ich gefallen schon.
Ich stank zum Himmel, wahrlich ein
Scharlachnes Babylon.
Das Linnen in dem Flusse
Geschwenkt in sanftem Kreis
Fühlet im Wellenkusse:
Jetzt werd ich sachte weiß.

4
Denn als mich mein erster umarmte
Und ich umarmte ihn
Da fühlt ich aus Schoß und Busen
Die schlechten Triebe fliehn.
So geht es mit dem Linnen
So ging es auch mit mir.
Die schnellen Wasser rinnen
Und aller Schmutz ruft: Hier!

5
Doch als die andern kamen
Ein trübes Jahr anfing.
Sie gaben mir schlechte Namen
Da wurd ich ein schlechtes Ding.
Mit Sparen und mit Fasten
Erholt sich keine Frau.
Liegt Linnen lang im Kasten
Wird's auch im Kasten grau.

6
Und wieder kam ein andrer
In einem andren Jahr.
Ich sah, als alles anders war
Daß ich eine andre war.
Tunk's in den Fluß und schwenk es!
's gibt Sonne, Wind und Chlor!
Gebrauch es und verschwenk es:
's wird frisch als wie zuvor!

7
Ich weiß: noch viel kann kommen
Bis nichts mehr kommt am End.
Nur wenn es nie getragen war
Dann war das Linnen verschwend't.
Und ist es brüchig geworden
Dann wäscht's kein Fluß mehr rein.
Er spült's in Fetzen forten.
So wird es einmal sein.

Ballade von der Hanna Cash

1
Mit dem Rock von Kattun und dem gelben Tuch
Und den Augen der schwarzen Seen
Ohne Geld und Talent und doch mit genug
Vom Schwarzhaar, das sie offen trug
Bis zu den schwärzeren Zeh'n:
Das war die Hanna Cash, mein Kind
Die die „Gentlemen" eingeseift
Die kam mit dem Wind und ging mit dem Wind
Der in die Savannen läuft.

2
Die hatte keine Schuhe und die hatte auch kein
Und die konnte auch keine Choräle! [Hemd
Und sie war wie eine Katze in die große Stadt
[geschwemmt
Eine kleine graue Katze zwischen Hölzer ein-
[geklemmt
Zwischen Leichen in die schwarzen Kanäle.
Sie wusch die Gläser vom Absinth
Doch nie sich selber rein
Und doch muß die Hanna Cash, mein Kind
Auch rein gewesen sein.

3
Und sie kam eines Nachts in die Seemannsbar
Mit den Augen der schwarzen Seen
Und traf J. Kent mit dem Maulwurfshaar
Den Messerjack aus der Seemannsbar
Und der ließ sie mit sich gehn!
Und wenn der wüste Kent den Grind
Sich kratzte und blinzelte
Dann spürt die Hanna Cash, mein Kind
Den Blick bis in die Zeh.

4
Sie „kamen sich näher" zwischen Wild und Fisch
Und „gingen vereint durchs Leben"
Sie hatten kein Bett und sie hatten keinen Tisch
Und sie hatten selber nicht Wild noch Fisch
Und keinen Namen für die Kinder.
Doch ob Schneewind pfeift, ob Regen rinnt
Ersöff auch die Savann
Es bleibt die Hanna Cash, mein Kind
Bei ihrem lieben Mann.

5
Der Sheriff sagt, daß er ein Schurke sei
Und die Milchfrau sagt: Er geht krumm.
Sie aber sagt: Was ist dabei?
Es ist mein Mann. Und sie war so frei
Und blieb bei ihm. Darum.
Und wenn er hinkt und wenn er spinnt
Und wenn er ihr Schläge gibt:
Es fragt die Hanna Cash, mein Kind
Doch nur: ob sie ihn liebt.

6
Kein Dach war da, wo die Wiege war
Und die Schläge schlugen die Eltern.
Die gingen zusammen Jahr für Jahr
Aus der Asphaltstadt in die Wälder gar
Und in die Savann aus den Wäldern.
Solang man geht in Schnee und Wind
Bis daß man nicht mehr kann
Solang ging die Hanna Cash, mein Kind
Nun mal mit ihrem Mann.

7
Kein Kleid war arm, wie das ihre war
Und es gab keinen Sonntag für sie
Keinen Ausflug zu dritt in die Kirschtortenbar
Und keinen Weizenfladen im Kaar
Und keine Mundharmonie.
Und war jeder Tag, wie alle sind
Und gab's kein Sonnenlicht:
Es hatte die Hanna Cash, mein Kind
Die Sonn stets im Gesicht.

8
Er stahl wohl die Fische, und Salz stahl sie
So war's. „Das Leben ist schwer."
Und wenn sie die Fische kochte, sieh:
So sagten die Kinder auf seinem Knie
Den Katechismus her.
Durch fünfzig Jahr in Nacht und Wind
Sie schliefen in einem Bett.
Das war die Hanna Cash, mein Kind
Gott mach's ihr einmal wett.

Der Bilbao-Song

1
Bills Ballhaus in Bilbao
War das Schönste auf dem ganzen Kontinent.
Dort gab's für einen Dollar Krach und Wonne
Und was die Welt ihr Eigen nennt.
Aber wenn Sie da hereingekommen wären
Ich weiß ja nicht, ob Ihnen so was grad gefällt.
Ach!
Brandylachen waren, wo man saß
Auf dem Tanzboden wuchs das Gras
Und der rote Mond schien durch das Dach.
'ne Musik gab's da, man konnte sich beschweren
Für sein Geld!
Joe, mach die Musik von damals nach.
  Alter Bilbaomond
  Wo noch die Liebe lohnt –
  's ist doll mit dem Text
  's ist schon so lange her –
  Ich weiß ja nicht, ob Ihnen so was grad gefällt,
  Es war das Schönste [doch
  Es war das Schönste
  Auf der Welt.

2
Bills Ballhaus in Bilbao
An 'nem Tag gen Ende Mai im Jahre acht
Da kamen vier aus Frisko mit 'nem Geldsack
Die haben damals mit uns was gemacht.
Aber wenn Sie da dabeigewesen wären
Ich weiß nicht, ob Ihnen so was grad gefällt.
Ach!
Brandylachen waren, wo man saß
Auf dem Tanzboden wuchs das Gras
Und der rote Mond schien durch das Dach
Und vier Herren konnten Sie mit ihren Brownings
Sind Sie 'n Held? [schießen hören.
Na, dann machen Sie's mal nach . . .
  Alter Bilbaomond
  Wo noch die Liebe lohnt –
  Ich kann den Text nicht mehr
  's ist schon zu lange her –
  Ich weiß ja nicht, ob Ihnen so was grad gefällt,
  Es war das Schönste [doch
  Es war das Schönste
  Auf der Welt.

3

Bills Ballhaus in Bilbao
Heute ist es renoviert – so auf dezent
Mit Palme und mit Eiscreme ganz gewöhnlich
Wie 'n anderes Etablissement.
Aber wenn Sie da jetzt hereingesegelt kämen
's ist ja möglich, daß es Ihnen so gefällt.
Spaß!
Auf dem Tanzboden wächst kein Gras
Und der Brandy ist auch nicht mehr das.
Und der rote Mond ist abbestellt.
'ne Musik machen sie, da kann man sich nur schämen
Für sein Geld!
Joe, mach die Musik von damals nach.
  Alter Bilbaomond
  Das hab ich oft betont
  Ich hab sie nie geschont –
  Na, das ist ja der Text –
  Alter Bilbaomond
  's ist zu lange her . . .
  Ich weiß ja nicht, ob Ihnen so was grad gefällt,
  Es war das Schönste [doch
  Es war das Schönste
  Auf der Welt.

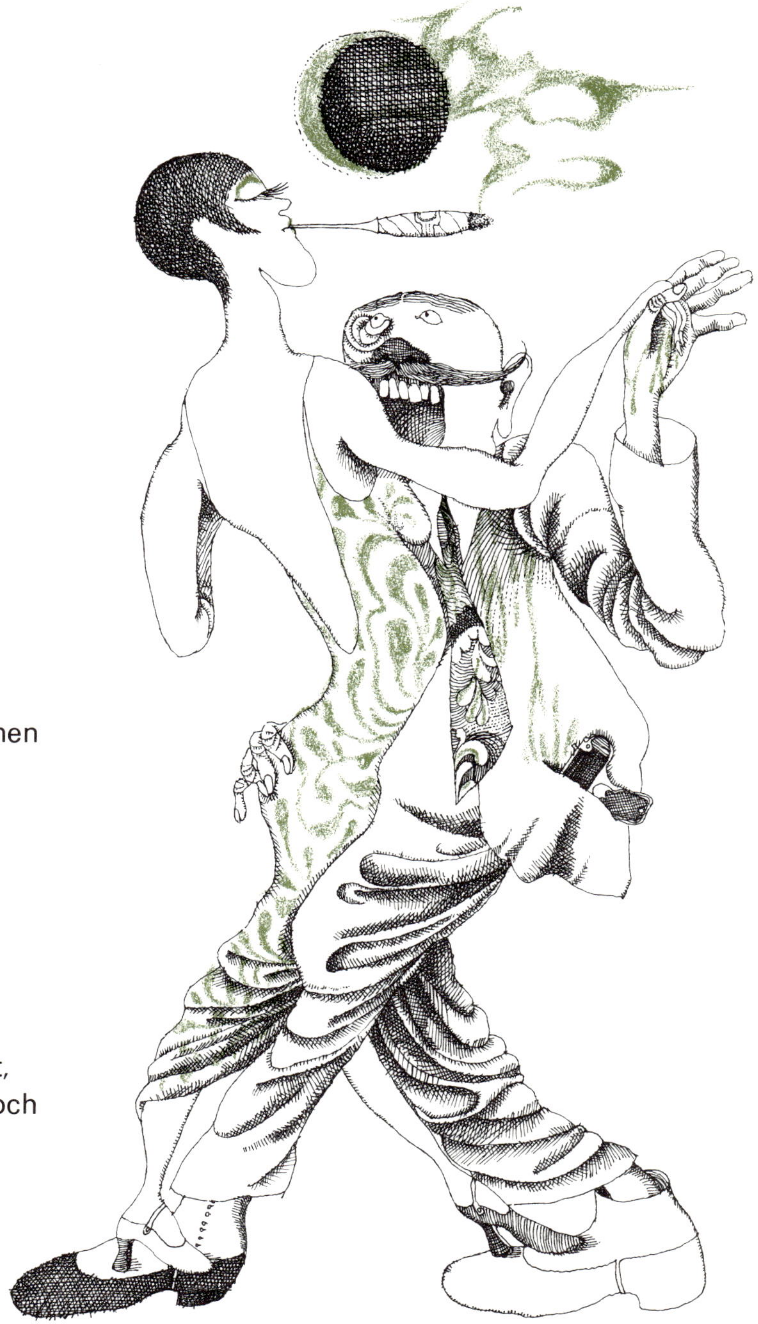

Das Lied vom Surabaya-Johnny

1
Ich war jung, erst sechzehn Jahre
Du kamest von Birma herauf
Und sagtest, ich solle mit dir gehen
Du kämest für alles auf.
Ich fragte nach deiner Stellung
Du sagtest, so wahr ich hier steh
Du hättest zu tun mit der Eisenbahn
Und nichts zu tun mit der See.
Du sagtest viel, Johnny
Kein Wort war wahr, Johnny
Du hast mich betrogen, Johnny, in der ersten Stund
Ich hasse dich so, Johnny
Wie du dastehst und grinst, Johnny
Nimm die Pfeife aus dem Maul, du Hund.
Surabaya-Johnny, warum bist du so roh?
Surabaya-Johnny, mein Gott, ich liebe dich so.
Surabaya-Johnny, warum bin ich nicht froh?
Du hast kein Herz, Johnny, und ich liebe dich so.

2
Zuerst war es immer Sonntag
So lang, bis ich mitging mit dir
Aber schon nach zwei Wochen
War dir nichts mehr recht an mir.
Hinauf und hinab durch den Pandschab
Den Fluß entlang bis zur See:
Ich sehe schon aus im Spiegel
Wie eine Vierzigjährige.
Du wolltest nicht Liebe, Johnny
Du wolltest Geld, Johnny
Ich aber sah, Johnny, nur auf deinen Mund.
Du verlangtest alles, Johnny
Ich gab dir mehr, Johnny
Nimm die Pfeife aus dem Maul, du Hund.
Surabaya-Johnny, warum bist du so roh?
Surabaya-Johnny, mein Gott, ich liebe dich so.
Surabaya-Johnny, warum bin ich nicht froh?
Du hast kein Herz, Johnny, und ich liebe dich so.

Liebeslieder III

3
Ich hatte es nicht beachtet
Warum du *den* Namen hast
Aber an der ganzen langen Küste
Warst du ein bekannter Gast.
Eines Morgens in einem Sixpencebett
Werd ich donnern hören die See
Und du gehst, ohne etwas zu sagen
Und dein Schiff liegt unten am Kai.
Du hast kein Herz, Johnny
Du bist ein Schuft, Johnny
Du gehst jetzt weg, Johnny, sag mir den Grund.
Ich liebe dich doch, Johnny
Wie am ersten Tag, Johnny
Nimm die Pfeife aus dem Maul, du Hund.
  Surabaya-Johnny, warum bist du so roh?
  Surabaya-Johnny, mein Gott, warum liebe ich
  [dich so.
  Surabaya-Johnny, warum bin ich nicht froh?
  Du hast kein Herz, Johnny, und ich liebe dich so.

Sieben Rosen hat der Strauch
Sechs gehörn dem Wind
Aber eine bleibt, daß auch
Ich noch eine find.

Sieben Male ruf ich dich
Sechsmal bleibe fort
Doch beim siebten Mal, versprich
Komme auf ein Wort.

Erinnerung an die Marie A.

1
An jenem Tag im blauen Mond September
Still unter einem jungen Pflaumenbaum
Da hielt ich sie, die stille bleiche Liebe
In meinem Arm wie einen holden Traum.
Und über uns im schönen Sommerhimmel
War eine Wolke, die ich lange sah
Sie war sehr weiß und ungeheuer oben
Und als ich aufsah, war sie nimmer da.

2
Seit jenem Tag sind viele, viele Monde
Geschwommen still hinunter und vorbei.
Die Pflaumenbäume sind wohl abgehauen
Und fragst du mich, was mit der Liebe sei?
So sag ich dir: Ich kann mich nicht erinnern
Und doch, gewiß, ich weiß schon, was du meinst.
Doch ihr Gesicht, das weiß ich wirklich nimmer
Ich weiß nur mehr: ich küßte es dereinst.

3
Und auch den Kuß, ich hätt ihn längst vergessen
Wenn nicht die Wolke dagewesen wär
Die weiß ich noch und werd ich immer wissen
Sie war sehr weiß und kam von oben her.
Die Pflaumenbäume blühn vielleicht noch immer
Und jene Frau hat jetzt vielleicht das siebte Kind
Doch jene Wolke blühte nur Minuten
Und als ich aufsah, schwand sie schon im Wind.

II. Über den Krieg als Fortsetzung des Geschäfts mit direkteren Mitteln

Als wir kamen vor Milano

Als wir kamen vor Milano
Haben wir nach Haus geschrieben:
Dieser Krieg, Leut, endet schon.
Denn der Hauptmann war gefallen
Und die Feldküch war verschollen
Und verschossen die Munition.
  Als der Krieg fünf Jahr gedauert
  Kam kein Wörtlein von der Frau mehr
  Und das wundert keinen groß.
  Oft, wenn mir mein Wein vermessen
  Sah ich sie: sie ist gesessen
  Jetzt auf eines andern Schoß.

Als wir enterten Milano
Brannten wir's von vorn nach hinten
Und von hinten dann nach vorn.
Haben sieben Tag geschwogen
Weiber alt und jung verzogen
Denn so groß war unser Zorn.
  Denn wie lang wird sie schon warten
  Wenn die hellen Nächte kommen und der laue
  [Frühjahrswind?
  Wie lang, sagt sie, soll ich wachen
  Einer muß es mir doch machen –
  Fleischlich wie die Weiber.

Als wir zogen von Milano
Hob der Feldzug an aufs neue
In der Ferne bleiben wir.
Wieviel Hur'n wer'n wir noch winken
Wieviel Fäßlein Wein noch trinken?
Mindestens drei oder vier.

Lied vom Fraternisieren

Ich war erst siebzehn Jahre
Da kam der Feind ins Land.
Er legte beiseit den Säbel
Und gab mir freundlich seine Hand.
  Und nach der Maiandacht
  Da kam die Maiennacht.
  Das Regiment stand im Geviert
  Dann wurd getrommelt, wie's der Brauch
  Dann nahm der Feind uns hintern Strauch
  Und hat fraternisiert.

Da waren viele Feinde
Und mein Feind war ein Koch
Ich haßte ihn bei Tage
Und nachts, da liebte ich ihn doch.
  Denn nach der Maiandacht
  Da kommt die Maiennacht.
  Das Regiment steht im Geviert
  Dann wird getrommelt, wie's der Brauch
  Dann nimmt der Feind uns hintern Strauch
  Und 's wird fraternisiert.

Die Liebe, die ich spürte
War eine Himmelsmacht.
Meine Leute haben's nicht begriffen
Daß ich ihn lieb und nicht veracht.
  In einer trüben Früh
  Begann mein Qual und Müh.
  Das Regiment stand im Geviert
  Dann wurd getrommelt, wie's der Brauch
  Dann ist der Feind, mein Liebster auch
  Aus unsrer Stadt marschiert.

Mutter Courages Lied

Ihr Hauptleut, laßt die Trommel ruhen
Und laßt eur Fußvolk halten an:
Mutter Courage, die kommt mit Schuhen
In denen's besser laufen kann.
Mit seinen Läusen und Getieren
Bagage, Kanone und Gespann –
Soll es euch in die Schlacht marschieren
So will es gute Schuhe han.
  Das Frühjahr kommt. Wach auf, du Christ!
  Der Schnee schmilzt weg. Die Toten ruhn.
  Und was noch nicht gestorben ist
  Das macht sich auf die Socken nun.

Ihr Hauptleut, eure Leut marschieren
Euch ohne Wurst nicht in den Tod.
Laßt die Courage sie erst kurieren
Mit Wein von Leibs- und Geistesnot.
Kanonen auf die leeren Mägen
Ihr Hauptleut, das ist nicht gesund.
Doch sind sie satt, habt meinen Segen
Und führt sie in den Höllenschlund.
  Das Frühjahr kommt. Wach auf, du Christ!
  Der Schnee schmilzt weg. Die Toten ruhn.
  Und was noch nicht gestorben ist
  Das macht sich auf die Socken nun.

Und geht er über deine Kräfte
Bist du beim Sieg halt nicht dabei.
Der Krieg ist nichts als die Geschäfte
Und statt mit Käse ist's mit Blei.

So mancher wollt so manches haben
Was es für manchen gar nicht gab:
Er wollt sich schlau ein Schlupfloch graben
Und grub sich nur ein frühes Grab.
Schon manchen sah ich sich abjagen
In Eil nach einer Ruhestatt –
Liegt er dann drin, mag er sich fragen
Warum's ihm so geeilet hat.
  Das Frühjahr kommt. Wach auf, du Christ!
  Der Schnee schmilzt weg. Die Toten ruhn.
  Und was noch nicht gestorben ist
  Das macht sich auf die Socken nun.

Von Ulm nach Metz, von Metz nach Mähren!
Mutter Courage ist dabei!
Der Krieg wird seinen Mann ernähren
Er braucht nur Pulver zu und Blei.
Von Blei allein kann er nicht leben
Von Pulver nicht, er braucht auch Leut!
Müßt's euch zum Regiment begeben
Sonst steht er um! So kommt noch heut!
  Das Frühjahr kommt! Wach auf, du Christ!
  Der Schnee schmilzt weg! Die Toten ruhn!
  Und was noch nicht gestorben ist
  Das macht sich auf die Socken nun.

Mit seinem Glück, seiner Gefahre
Der Krieg, er zieht sich etwas hin.
Der Krieg, er dauert hundert Jahre
Der g'meine Mann hat kein' Gewinn.
Ein Dreck sein Fraß, sein Rock ein Plunder!
Sein' halben Sold stiehlt's Regiment.
Jedoch vielleicht geschehn noch Wunder:
Der Feldzug ist noch nicht zu End!
  Das Frühjahr kommt! Wach auf, du Christ!
  Der Schnee schmilzt weg! Die Toten ruhn!
  Und was noch nicht gestorben ist
  Das macht sich auf die Socken nun.

Spätere Zusatzstrophe

Es kommt der Tag, da wird sich wenden
Das Blatt für uns, er ist nicht fern.
Da werden wir, das Volk, beenden
Den großen Krieg der großen Herrn.
Die Händler all, mit ihren Bütteln
Und ihrem Kriegs- und Totentanz
Sie wird auf ewig von sich schütteln
Die neue Welt des g'meinen Manns.
  Es wird der Tag, doch wann er wird
  Hängt ab von mein- und deinem Tun
  Drum wer mit uns noch nicht marschieret
  Der mach sich auf die Socken nun.

Ich hatte eine liebe Frau

Ich hatte eine liebe Frau
Die schönste auf der Welt
Da kam der Generalfeldmarschall
Und sagte: Marsch ins Feld!

Ich hab da was verteidigt
Meine Frau, die ging mir fremd
Das hat mich sehr beleidigt
Ich finde es unverschämt.

Meiner Frau hau ich in die Fresse
Da bin ich nun mal so barsch.
Doch wenn ich einen Feldmarschall seh
Dann kriech ich ihm noch heut in den Arsch.

Wenn ich nicht so ein dummer Hund wär
Dann dächt ich einmal nach
Vielleicht, daß mir manches zu bunt wär
Und vielleicht schlüg ich auch dann mal Krach.

Und würde dem Feldmarschall sagen:
Du gabst mir ein Gewehr
Und jetzt will ich mal schießen
Stell dich einmal daher.

Hitler-Choral III

(Melodie: Befiehl du deine Wege)

1
Befiehl du deine Wege
O Kalb, so oft verletzt
Der allertreusten Pflege
Des, der das Messer wetzt!
Der denen, die dich schinden
Ein neues Kreuz ersann
Der wird auch Wege finden
Wie er dich schlachten kann.

2
Du hast ihm sehr gefallen
O Kalb voll Angstgeschnauf!
Gerade dich vor allen
Nimmt er am liebsten auf.
Du brauchst dich nicht zu drängeln
Stell dich nur hoffend an:
Er muß sein Messer dengeln
Dann kommst du schleunigst dran.

3
Er hat da seinen Haufen
Von großen Helfern zu
Die ihm das Haus einlaufen
Stehn mit ihm du auf du.
Und diesen Wirtschaftsriesen
Führt er dich zu, mein Sohn!
Er hat dich sehr gepriesen
Sie wissen von dir schon.

4
Die großen Kapitäne
Auf dich gewiesen an!
Für ihre großen Pläne
Braucht es dich kleinen Mann!
Daß man, o Kalb, dich schlachtet
Gereicht dir nur zur Ehr
Das zeigt, wie man dich achtet
Du, Kalb, bist irgendwer!

5
So tu denn auch dergleichen
Frag nicht nach schnödem Lohn!
Du wirst mehr Ehr erreichen
Mit: Herr, da bin ich schon!
Er wird zu dir sich neigen
Dich anschaun inniglich
Wird dir die Schlachtbank zeigen:
„Dein Platz erwartet dich!"

6
O Kalb, von ihm erwählet!
Du irrtest kreuz und quer
Du hast ihn oft verfehlet
Nun fandst du zu ihm her.
Nun bist du eingetroffen
Nun bist du endlich da.
Des Metzgers Arm' sind offen
Seit er, o Kalb, dich sah.

7
O Kalb, fast schon verführet
Nur auf dich selbst zu baun
Dem, der die Trommel rühret
Mußt du dich anvertraun.
Dem gib dich in die Hände.
Verlaß dich ruhig drauf:
Er macht der Not ein Ende
Und räumet mit dir auf!

Legende vom toten Soldaten

1
Und als der Krieg im vierten Lenz
Keinen Ausblick auf Frieden bot
Da zog der Soldat seine Konsequenz
Und starb den Heldentod.

2
Der Krieg war aber noch nicht gar
Drum tat es dem Kaiser leid
Daß sein Soldat gestorben war:
Es schien ihm noch vor der Zeit.

3
Der Sommer zog über die Gräber her
Und der Soldat schlief schon
Da kam eines Nachts eine militär-
ische ärztliche Kommission.

4
Es zog die ärztliche Kommission
Zum Gottesacker hinaus
Und grub mit geweihtem Spaten den
Gefallnen Soldaten aus.

5
Der Doktor besah den Soldaten genau
Oder was von ihm noch da war
Und der Doktor fand, der Soldat war k. v.
Und er drückte sich vor der Gefahr.

6
Und sie nahmen sogleich den Soldaten mit
Die Nacht war blau und schön
Man konnte, wenn man keinen Helm aufhatte
Die Sterne der Heimat sehn.

7
Sie schütteten ihm einen feurigen Schnaps
In den verwesten Leib
Und hängten zwei Schwestern in seinen Arm
Und ein halb entblößtes Weib.

8
Und weil der Soldat nach Verwesung stinkt
Drum hinkt ein Pfaffe voran
Der über ihn ein Weihrauchfaß schwingt
Daß er nicht stinken kann.

9
Voran die Musik mit Tschindrara
Spielt einen flotten Marsch
Und der Soldat, so wie er's gelernt
Schmeißt seine Beine vom Arsch.

10
Und brüderlich den Arm um ihn
Zwei Sanitäter gehn
Sonst flög er noch in den Dreck ihnen hin
Und das darf nicht geschehn.

11
Sie malten auf sein Leichenhemd
Die Farben Schwarz-Weiß-Rot
Und trugen's vor ihm her; man sah
Vor Farben nicht mehr den Kot.

12
Ein Herr im Frack schritt auch voran
Mit einer gestärkten Brust
Der war sich als ein deutscher Mann
Seiner Pflicht genau bewußt.

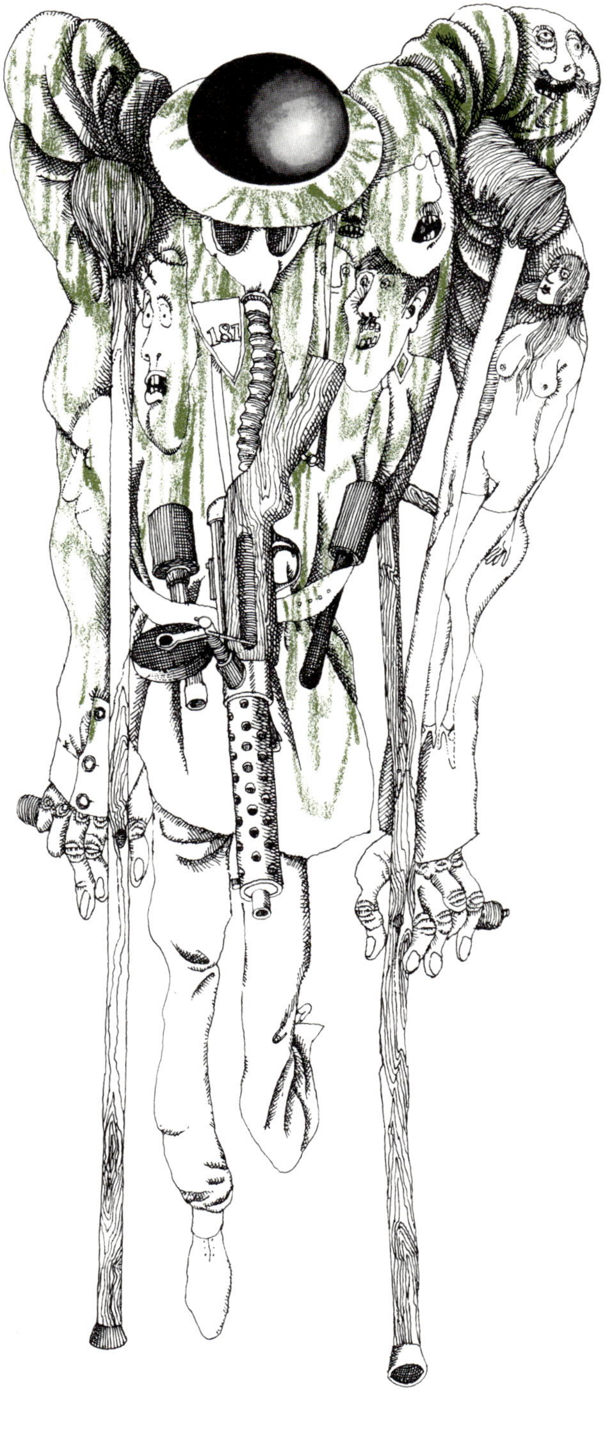

13
So zogen sie mit Tschindrara
Hinab die dunkle Chaussee
Und der Soldat zog taumelnd mit
Wie im Sturm die Flocke Schnee.

14
Die Katzen und die Hunde schrein
Die Ratzen im Feld pfeifen wüst:
Sie wollen nicht französisch sein
Weil das eine Schande ist.

15
Und wenn sie durch die Dörfer ziehn
Waren alle Weiber da
Die Bäume verneigten sich, Vollmond schien
Und alles schrie hurra.

16
Mit Tschindrara und Wiedersehn!
Und Weib und Hund und Pfaff!
Und mittendrin der tote Soldat
Wie ein besoffner Aff.

17
Und wenn sie durch die Dörfer ziehn
Kommt's, daß ihn keiner sah
So viele waren herum um ihn
Mit Tschindra und Hurra.

18
So viele tanzten und johlten um ihn
Daß ihn keiner sah.
Man konnte ihn einzig von oben noch sehn
Und da sind nur Sterne da.

19
Die Sterne sind nicht immer da
Es kommt ein Morgenrot.
Doch der Soldat, so wie er's gelernt
Zieht in den Heldentod.

Ballade vom Weib und dem Soldaten

Das Schießgewehr schießt, und das Spießmesser
Und das Wasser frißt auf, die drin waten. [spießt
Was könnt ihr gegen Eis? Bleibt weg, 's ist nicht
Sagte das Weib zum Soldaten. [weis'!

Doch der Soldat mit der Kugel im Lauf
Hörte die Trommel und lachte darauf:
Marschieren kann nimmermehr schaden!
Hinab nach dem Süden, nach dem Norden hinauf
Und das Messer fängt er mit Händen auf!
Sagten zum Weib die Soldaten.

Ach, bitter bereut, wer des Weisen Rat scheut
Und vom Alter sich nicht läßt beraten.
Ach, zu hoch nicht hinaus, es geht übel aus!
Sagte das Weib zum Soldaten.

Doch der Soldat mit dem Messer im Gurt
Lacht' ihr kalt ins Gesicht und ging über die Furt
Was konnte das Wasser ihm schaden?
Wenn weiß der Mond überm Schindeldach steht
Kommen wir wieder; nimm's auf ins Gebet!
Sagten zum Weib die Soldaten.

Ihr vergeht wie der Rauch, und die Wärme geht auch
Und uns wärmen nicht eure Taten!
Ach, wie schnell geht der Rauch! Gott behüte ihn
Sagte das Weib vom Soldaten. [auch!

Und der Soldat mit dem Messer im Gurt
Sank hin mit dem Spieß, und mit riß ihn die Furt
Und das Wasser fraß auf, die drin waten.
Kühl stand der Mond überm Schindeldach weiß
Doch der Soldat trieb hinab mit dem Eis
Und was sagten dem Weib die Soldaten?

Er verging wie der Rauch, und die Wärme ging auch
Und es wärmten sie nicht seine Taten.
Ach, bitter bereut, wer des Weisen Rat scheut!
Sagte das Weib den Soldaten.

III. Über historische Persönlichkeiten, welche uns zur Ermahnung und Erbauung dienen

Apfelböck

oder

Die Lilie auf dem Felde

1
Im milden Lichte Jakob Apfelböck
Erschlug den Vater und die Mutter sein
Und schloß sie beide in den Wäscheschrank
Und blieb im Hause übrig, er allein.

2
Es schwammen Wolken unterm Himmel hin
Und um sein Haus ging mild der Sommerwind
Und in dem Hause saß er selber drin
Vor sieben Tagen war es noch ein Kind.

3
Die Tage gingen und die Nacht ging auch
Und nichts war anders außer mancherlei
Bei seinen Eltern Jakob Apfelböck
Wartete einfach, komme was es sei.

4
Es bringt die Milchfrau noch die Milch ins Haus
Gerahmte Buttermilch, süß, fett und kühl.
Was er nicht trinkt, das schüttet Jakob aus
Denn Jakob Apfelböck trinkt nicht mehr viel.

5
Es bringt der Zeitungsmann die Zeitung noch
Mit schwerem Tritt ins Haus beim Abendlicht
Und wirft sie scheppernd in das Kastenloch
Doch Jakob Apfelböck, der liest sie nicht.

6
Und als die Leichen rochen durch das Haus
Da weinte Jakob und ward krank davon.
Und Jakob Apfelböck zog weinend aus
Und schlief von nun an nur auf dem Balkon.

7
Es sprach der Zeitungsmann, der täglich kam:
Was riecht hier so? Ich rieche doch Gestank.
In mildem Licht sprach Jakob Apfelböck:
Es ist die Wäsche in dem Wäscheschrank.

8
Es sprach die Milchfrau einst, die täglich kam:
Was riecht hier so? Es riecht, als wenn man stirbt!
In mildem Licht sprach Jakob Apfelböck:
Es ist das Kalbfleisch, das im Schrank verdirbt.

9
Und als sie einstens in den Schrank ihm sahn
Stand Jakob Apfelböck in mildem Licht
Und als sie fragten, warum er's getan
Sprach Jakob Apfelböck: Ich weiß es nicht.

10
Die Milchfrau aber sprach am Tag danach:
Ob wohl das Kind einmal, früh oder spät
Ob Jakob Apfelböck wohl einmal noch
Zum Grabe seiner armen Eltern geht?

Salomon Song
(Bettellied der großen Geister)

Ihr saht den weisen Salomon
Ihr wißt, was aus ihm wurd.
Dem Mann war alles sonnenklar
Er verfluchte die Stunde seiner Geburt
Und sah, daß alles eitel war.
Wie groß und weis' war Salomon!
Und seht, da war es noch nicht Nacht
Da sah die Welt die Folgen schon:
Die Weisheit hatte ihn so weit gebracht!
Beneidenswert, wer frei davon!

Ihr saht den kühnen Cäsar dann
Ihr wißt, was aus ihm wurd.
Der saß wie 'n Gott auf dem Altar
und wurde ermordet, wie ihr erfuhrt
Und zwar, als er am größten war.
Wie schrie der laut: Auch du, mein Sohn!
Denn seht, da war es noch nicht Nacht
Da sah die Welt die Folgen schon:
Die Kühnheit hatte ihn so weit gebracht!
Beneidenswert, wer frei davon!

Ihr kennt den redlichen Sokrates
Der stets die Wahrheit sprach:
Ach nein, sie wußten ihm keinen Dank
Vielmehr stellten die Obern böse ihm nach
Und reichten ihm den Schierlingstrank.
Wie redlich war des Volkes großer Sohn!
Und seht, da war es noch nicht Nacht
Da sah die Welt die Folgen schon:
Die Redlichkeit hatt ihn so weit gebracht!
Beneidenswert, wer frei davon!

Der heilige Martin, wie ihr wißt
Ertrug nicht fremde Not.
Er sah im Schnee ein' armen Mann
Und er bot seinen halben Mantel ihm an
Da frorn sie alle beid zu Tod.
Der Mann sah nicht auf irdischen Lohn!
Und seht, da war es noch nicht Nacht
Da sah die Welt die Folgen schon:
Selbstlosigkeit hatt ihn so weit gebracht!
Beneidenswert, wer frei davon!

Hier seht ihr ordentliche Leut
Haltend die zehn Gebot.
Es hat uns bisher nichts genützt.
Ihr, die am warmen Ofen sitzt
Helft lindern unsre große Not!
Wie kreuzbrav waren wir doch schon!
Und seht, da war es noch nicht Nacht
Da sah die Welt die Folgen schon:
Die Gottesfurcht hat uns so weit gebracht!
Beneidenswert, wer frei davon!

Lied vom achten Elefanten

1
Sieben Elefanten hatte Herr Dschin
Und da war dann noch der achte.
Sieben waren wild und der achte war zahm
Und der achte war's, der sie bewachte.
  Trabt schneller!
  Herr Dschin hat einen Wald
  Der muß vor Nacht gerodet sein
  Und Nacht ist jetzt schon bald!

2
Sieben Elefanten roden den Wald
Und Herr Dschin ritt hoch auf dem achten.
All den Tag Nummer acht stand faul auf der Wacht
Und sah zu, was sie hinter sich brachten.
  Grabt schneller!
  Herr Dschin hat einen Wald
  Der muß vor Nacht gerodet sein
  Und Nacht ist jetzt schon bald!

3
Sieben Elefanten wollten nicht mehr
Hatten satt das Bäumeabschlachten.
Herr Dschin war nervös, auf die sieben war er bös
Und gab ein Schaff Reis dem achten.
  Was soll das?
  Herr Dschin hat einen Wald
  Der muß vor Nacht gerodet sein
  Und Nacht ist jetzt schon bald!

4
Sieben Elefanten hatten keinen Zahn
Seinen Zahn hatte nur noch der achte.
Und Nummer acht war vorhanden, schlug die
[sieben zuschanden
Und Herr Dschin stand dahinten und lachte.
  Grabt weiter!
  Herr Dschin hat einen Wald
  Der muß vor Nacht gerodet sein
  Und Nacht ist jetzt schon bald!

Gedanken eines Grammophonbesitzers

Ich habe es 1904 erworben, es war nicht vergebens
Seitdem halte ich es am Tage versteckt
Es ist ein rührendes Stück Holz für die dunklen Stunden des Lebens
Darin ist die Stimme der Adeline Patti eingeweckt.

Die Sängerin Adeline Patti ist 1911 gestorben
Die Erde werde ihr leicht, ihre Stimme habe ich
Das ist so im Leben, ich habe es auf dem Papier noch, das käuflich erworben
Ihre Stimme ist noch ganz gut, sie genügt noch lange für mich.

Wahrscheinlich wird es auch noch meinen Enkeln vorsingen eines Tages
Es hat frühzeitig auf den Namen Adeline gehört
Seit einem Sturz anläßlich eines Branntweingelages
Ist die Stimme meiner lieben Adeline etwas gestört.

Aber es ist doch merkwürdig und hat schon Klügere wundergenommen
Was das Leben alles so mit sich bringt
Freilich sind wir auch schon sehr weit in der Technik gekommen
Daß sie immer noch aus dem Holz ihre Traviata singt.

So etwas wäre noch zur Zeit unserer Großeltern nicht möglich gewesen
Eine ganze Anzahl von Künsten war einfach dem Untergange geweiht
Wir sind eben doch etwas weiter im guten sowie im bösen
So eine Maschine bedeutet doch eine Art Unsterblichkeit.

Orge sagt zu mir oft, bring heut abend Tabak und Adeline
Ich bin mit den Nerven jetzt so herunter, und dann kommt sie mit Haut und Haaren
Und spielt die Traviata, und er macht seine anständigste Miene –
Sie spielt übrigens immer nur Traviata seit 18 Jahren.

Ich hätte wohl schon öfters andere Platten bekommen
Und meine Frau hätte von jeher gern einige Jimmies gewollt
Aber ich habe davon im letzten Augenblick immer wieder Abstand genommen
Ich denke nämlich, multum non multa, und ich habe Adeline immer meinen vollen Beifall gezollt.

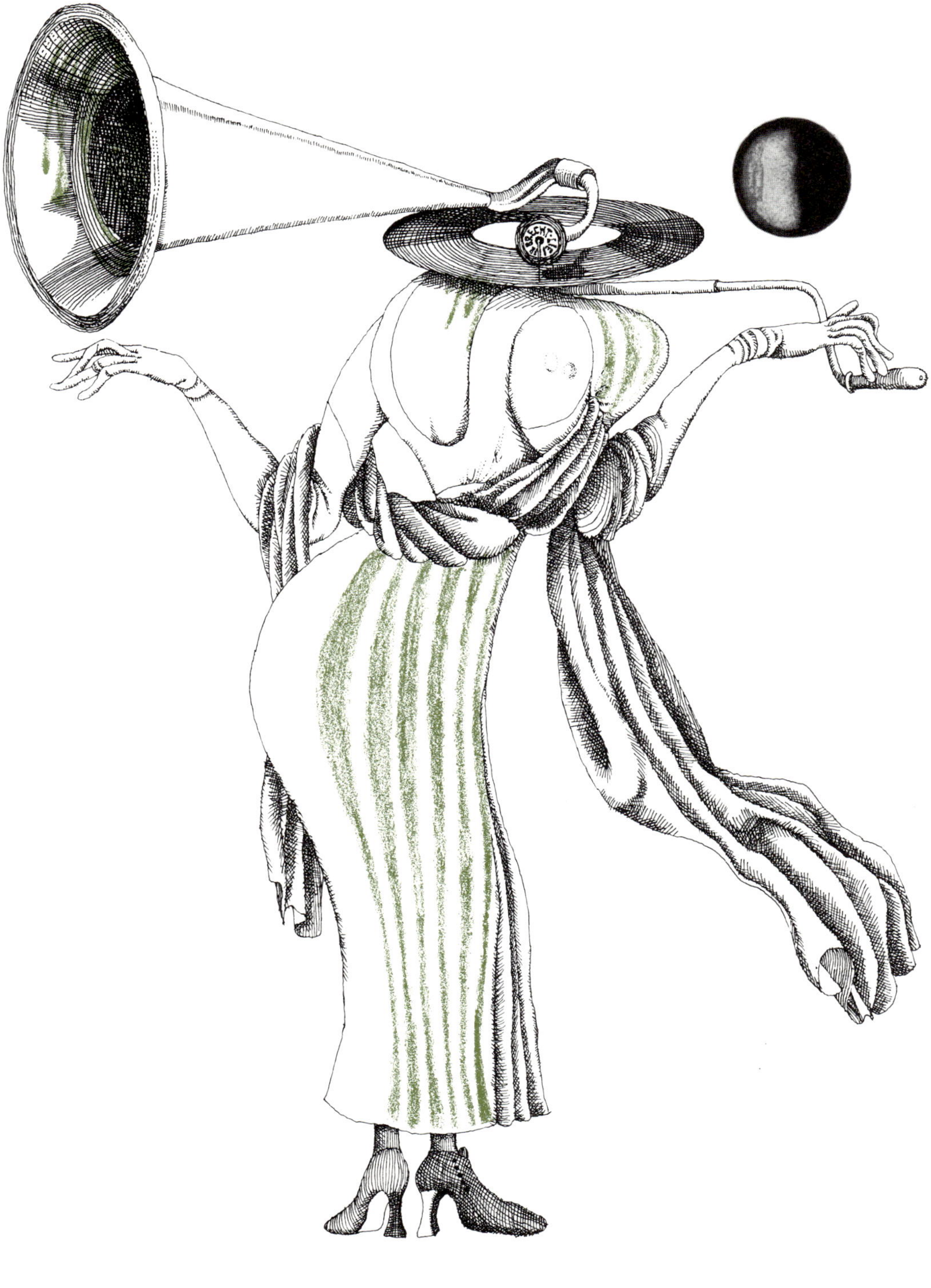

Die Moritat von Mackie Messer

Und der Haifisch, der hat Zähne
Und die trägt er im Gesicht
Und Macheath, der hat ein Messer
Doch das Messer sieht man nicht.

Ach, es sind des Haifischs Flossen
Rot, wenn dieser Blut vergießt!
Mackie Messer trägt 'nen Handschuh
Drauf man keine Untat liest.

An der Themse grünem Wasser
Fallen plötzlich Leute um!
Es ist weder Pest noch Cholera
Doch es heißt: Macheath geht um.

An 'nem schönen blauen Sonntag
Liegt ein toter Mann am Strand
Und ein Mensch geht um die Ecke
Den man Mackie Messer nennt.

Und Schmul Meier bleibt verschwunden
Und so mancher reiche Mann
Und sein Geld hat Mackie Messer
Dem man nichts beweisen kann.

Jenny Towler ward gefunden
Mit 'nem Messer in der Brust
Und am Kai geht Mackie Messer
Der von allem nichts gewußt.

Wo ist Alfons Glite, der Fuhrherr?
Kommt das je ans Sonnenlicht?
Wer es immer wissen könnte –
Mackie Messer weiß es nicht.

Und das große Feuer in Soho
Sieben Kinder und ein Greis –
In der Menge Mackie Messer, den
Man nichts fragt und der nichts weiß.

Und die minderjährige Witwe
Deren Namen jeder weiß
Wachte auf und war geschändet –
Mackie, welches war dein Preis?

Und die Fische, sie verschwinden
Doch zum Kummer des Gerichts:
Man zitiert am End den Haifisch
Doch der Haifisch weiß von nichts.

Und er kann sich nicht erinnern
Und man kann nicht an ihn ran:
Denn der Haifisch ist kein Haifisch
Wenn man's nicht beweisen kann.

Die wahre Geschichte vom Rattenfänger von Hameln

Der Rattenfänger von Hameln
Durch die Stadt ist er gegangen
Hat mit seinem Pfeifen all die
Tausend Kindlein eingefangen.
  Er pfiff hübsch. Er pfiff lang.
  's war ein wunderbarer Klang.

Der Rattenfänger von Hameln
Aus der Stadt wollt er sie retten
Daß die Kindlein einen bessern
Ort zum Größerwerden hätten.
  Er pfiff hübsch. Er pfiff lang.
  's war ein wunderbarer Klang.

Der Rattenfänger von Hameln
Wohin hat er sie verführet?
Denn die Kleinen waren alle
Tief im Herzen aufgerühret.
  Er pfiff hübsch. Er pfiff lang.
  's war ein wunderbarer Klang

Der Rattenfänger von Hameln
Als er aus der Stadt gegangen
Hat ihm, heißt es, sein Gepfeife
Selbst die Sinne eingefangen.
  Ich pfeif hübsch. Ich pfeif lang.
  's ist ein wunderbarer Klang.

Der Rattenfänger von Hameln
Um den Berg ist er gebogen
Hat die Kindlein aus Versehen
In die Stadt zurückgezogen.
  Pfiff zu hübsch. Pfiff zu lang.
  's war zu wunderbar ein Klang.

Den Rattenfänger von Hameln
Haben sie am Markt gehangen
Aber um sein Pfeifen, Pfeifen
Ist noch lang die Red' gegangen.
  Er pfiff hübsch. Er pfiff lang.
  's war ein wunderbarer Klang.

Onkel Ede

Onkel Ede hat einen Schnurrbart
Der Schnurrbart hat fünf Haar.
Und daß ihm keins verlorengeht
Hat jedes einen Namen, klar.

Sie heißen Fritz und Otto
Und Max und Karl und Paul.
Max ist etwas kränklich
Und Fritz ein wenig faul.

Die Legende der Dirne Evlyn Roe

Als der Frühling kam und das Meer war blau
Da fand sie nimmer Ruh –
Da kam mit dem letzten Boot an Bord
Die junge Evlyn Roe.

Sie trug ein härnes Tuch auf dem Leib
Der schöner als irdisch war.
Sie trug kein andres Gold und Geschmeid
als ihr wunderreiches Haar.

„Herr Kapitän, laß mich mit dir ins heilge Land [fahrn
Ich muß zu Jesus Christ."
„Du sollst mitfahrn, Weib, weil wir Narrn
Und du so herrlich bist."

„Er lohn's Euch. Ich bin nur ein arm Weib.
Mein Seel gehört dem Herrn Jesu Christ."
„So gib uns deinen süßen Leib!
Denn der Herr, den du liebst, kann das nimmermehr [zahln:
Weil er gestorben ist."

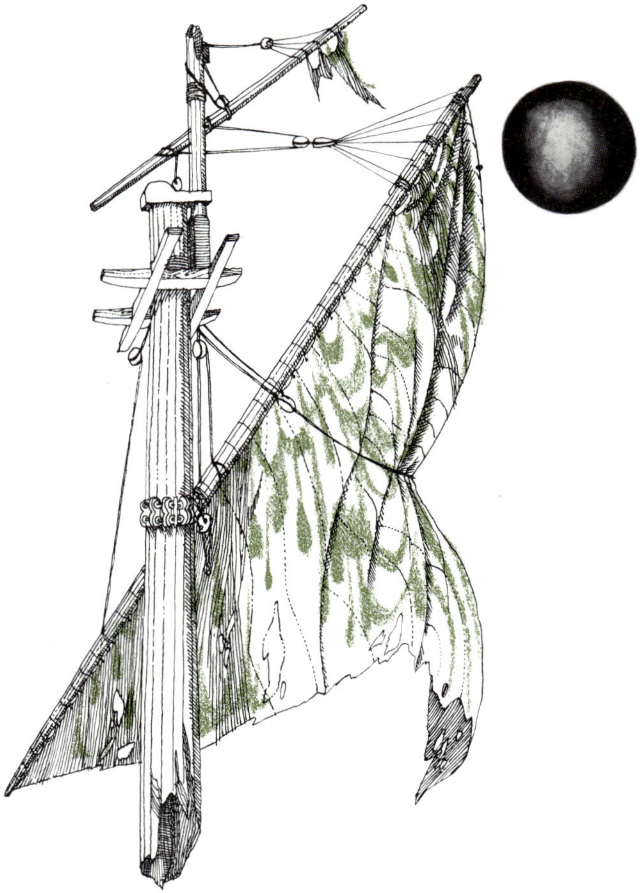

Sie fuhren hin in Sonn und Wind
Und liebten Evlyn Roe.
Sie aß ihr Brot und trank ihren Wein
Und weinte immer dazu.

Sie tanzten nachts. Sie tanzten tags
Sie ließen das Steuern sein.
Evlyn Roe war so scheu und so weich:
Sie waren härter als Stein.

Der Frühling ging. Der Sommer schwand.
Sie lief wohl nachts mit zerfetztem Schuh
Von Raa zu Raa und starrte ins Grau
Und suchte einen stillen Strand
Die arme Evlyn Roe.

Sie tanzte nachts. Sie tanzte tags.
Da ward sie wie ein Sieches matt.
„Herr Kapitän, wann kommen wir
In des Herrn heilige Stadt?"

Der Kapitän lag in ihrem Schoß
Und küßte und lachte dazu:
„Und ist wer schuld, daß wir nie hinkommen:
So ist es Evlyn Roe.“

Sie tanzte nachts. Sie tanzte tags.
Da ward sie wie ein Leichnam matt.
Und vom Kapitän bis zum jüngsten Boy
Hatten sie alle satt.

Sie trug ein seiden Gewand auf dem Leib
Der siech und voll Schwielen war
Und trug auf der entstellten Stirn
Ein schmutzzerwühltes Haar.

„Nie seh ich dich, Herr Jesus Christ
Mit meinem sündigen Leib.
Du darfst nicht gehn zu einer Hur
Und bin ein so arm Weib.“

Sie lief wohl lang von Raa zu Raa
Und Herz und Fuß tat ihr weh:
Sie ging wohl nachts, wenn's keiner sah
Sie ging wohl nachts in die See.

Das war im kühlen Januar
Sie schwamm einen weiten Weg hinauf
Und erst im März oder im April
Brechen die Blüten auf.

Sie ließ sich den dunklen Wellen, und die
Wuschen sie weiß und rein
Nun wird sie wohl vor dem Kapitän
Im heiligen Lande sein.

Als im Frühling sie in den Himmel kam
Schlug Petrus die Tür ihr zu:
„Gott hat mir gesagt: Ich will nit han
Die Dirne Evlyn Roe.“

Doch als sie in die Hölle kam
Sie riegeln die Türen zu:
Der Teufel schrie: „Ich will nit han
Die fromme Evlyn Roe."

Da ging sie durch Wind und Sternenraum
Und wanderte immerzu.
Spätabends durchs Feld sah ich sie schon gehn:
Sie wankte oft. Nie blieb sie stehn.
Die arme Evlyn Roe.

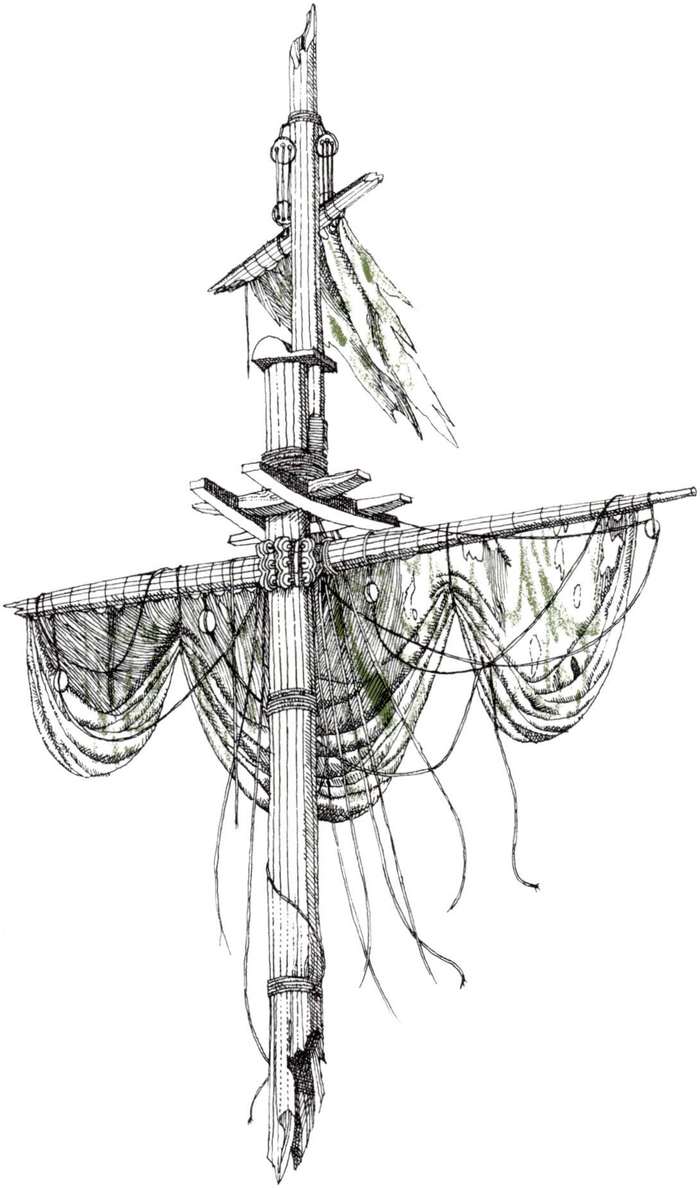

Ballade vom Mazeppa

1
Mit eigenem Strick verstrickt dem eigenen Pferde
Sie schnürten ihn Rücken an Rücken dem Roß
Das wild aufwiehernd über heimatliche Erde
Gehetzt in den dunkelnden Abend hinschoß.

2
Sie schnürten ihn so, daß den Gaul der Verstrickte
Im Schmerz noch aufpeitschte durch sinnloses Zerrn
Und so, daß er nichts, nur den Himmel erblickte
Der dunkler ward, weiter ward, ferner als fern.

3
Wohl trug ihn der Gaul vor der hetzenden Meute
Blind und verzweifelt und treu wie ein Weib
Ihm riß er, je mehr seine Feinde er scheute
Tiefer den Strick im blutwäßrigen Leib.

4
Auch füllte sich abends dann seltsam der Himmel
Mit fremdem Gevögel: Kräh und Geier, die mit
Lautlosem Flug in dunklem Gewimmel
Im Äther verfolgen den keuchenden Ritt.

5
Drei Tage trug ihn der fleischerne Teller
Wiehernd hinab an den ewigen Start
Wo der Himmel bald dunkler und wo er bald heller
Doch immer unermeßlicher ward.

6
Drei Tage immer gehetzter und schneller
Drei Ewigkeiten lang war die Fahrt
Wo der Himmel bald dunkler und wo er bald heller
Doch immer unermeßlicher ward.

7
Drei Tage will er zum Sterben sich strecken
Er kann's nicht im Flug zwischen Himmel und Gras
Und die Geier lauern schon auf sein Verrecken
Und sehnen sich wild auf das lebende Aas.

8
Drei Tage, bis seine Stricke sich sträubten –
Grün war der Himmel, und braun war das Gras!
Ach! es rauften wohl immer zu seinen Häupten
Kräh und Geier sich schon um das lebende Aas.

9
Und ritt er schneller, sie folgten ihm gerne.
Und schrie er lauter, sie schrien mit.
Beschattend die Sonn und beschattend die Sterne
Verfolgten sie seinen keuchenden Ritt.

10
Drei Tage, dann mußte alles sich zeigen:
Erde gibt Schweigen und Himmel gibt Ruh.
Einer ritt aus mit dem, was ihm zu eigen:
Mit Erde und Pferd, mit Langmut und Schweigen
Dann kamen noch Himmel und Geier dazu.

11
Drei Tage lang ritt er durch Abend und Morgen
Bis er alt genug war, daß er nicht mehr litt
Als er gerettet ins große Geborgen
Todmüd in die ewige Ruhe einritt.

Ballade von den Seeräubern

1
Von Branntwein toll und Finsternissen!
Von unerhörten Güssen naß!
Vom Frost eisweißer Nacht zerrissen!
Im Mastkorb, von Gesichten blaß!
Von Sonne nackt gebrannt und krank!
(Die hatten sie im Winter lieb)
Aus Hunger, Fieber und Gestank
Sang alles, was noch übrigblieb:
O Himmel, strahlender Azur!
Enormer Wind, die Segel bläh!
Laßt Wind und Himmel fahren! Nur
Laßt uns um Sankt Marie die See!

2
Kein Weizenfeld mit milden Winden
Selbst keine Schenke mit Musik
Kein Tanz mit Weibern und Absinthen
Kein Kartenspiel hielt sie zurück.
Sie hatten vor dem Knall das Zanken
Vor Mitternacht die Weiber satt:
Sie lieben nur verfaulte Planken
Ihr Schiff, das keine Heimat hat.
O Himmel, strahlender Azur!
Enormer Wind, die Segel bläh!
Laßt Wind und Himmel fahren! Nur
Laßt uns um Sankt Marie die See!

3

Mit seinen Ratten, seinen Löchern
Mit seiner Pest, mit Haut und Haar
Sie fluchten wüst darauf beim Bechern
Und liebten es, so wie es war.
Sie knoten sich mit ihren Haaren
Im Sturm in seinem Mastwerk fest:
Sie würden nur zum Himmel fahren
Wenn man dort Schiffe fahren läßt.
O Himmel, strahlender Azur!
Enormer Wind, die Segel bläh!
Laßt Wind und Himmel fahren! Nur
Laßt uns um Sankt Marie die See!

4
Sie häufen Seide, schöne Steine
Und Gold in ihr verfaultes Holz
Sie sind auf die geraubten Weine
In ihren wüsten Mägen stolz.
Um dürren Leib riecht toter Dschunken
Seide glühbunt nach Prozession
Doch sie zerstechen sich betrunken
Im Zank um einen Lampion.
O Himmel, strahlender Azur!
Enormer Wind, die Segel bläh!
Laßt Wind und Himmel fahren! Nur
Laßt uns um Sankt Marie die See!

5
Sie morden kalt und ohne Hassen
Was ihnen in die Zähne springt
Sie würgen Gurgeln so gelassen
Wie man ein Tau ins Mastwerk schlingt.
Sie trinken Sprit bei Leichenwachen
Nachts torkeln trunken sie in See
Und die, die übrigbleiben, lachen
Und winken mit der kleinen Zeh:
O Himmel, strahlender Azur!
Enormer Wind, die Segel bläh!
Laßt Wind und Himmel fahren! Nur
Laßt uns um Sankt Marie die See!

6
Vor violetten Horizonten
Still unterm bleichen Mond im Eis
Bei schwarzer Nacht in Frühjahrsmonden
Wo keiner von dem andern weiß
Sie lauern wolfgleich in den Sparren
Und treiben funkeläugig Mord
Und singen, um nicht zu erstarren
Wie Kinder, trommelnd im Abort:
O Himmel, strahlender Azur!
Enormer Wind, die Segel bläh!
Laßt Wind und Himmel fahren! Nur
Laßt uns um Sankt Marie die See!

7
Sie tragen ihren Bauch zum Fressen
Auf fremde Schiffe wie nach Haus
Und strecken selig im Vergessen
Ihn auf die fremden Frauen aus.
Sie leben schön wie noble Tiere
Im weichen Wind, im trunknen Blau!
Und oft besteigen sieben Stiere
Eine geraubte fremde Frau.
O Himmel, strahlender Azur!
Enormer Wind, die Segel bläh!
Laßt Wind und Himmel fahren! Nur
Laßt uns um Sankt Marie die See!

8
Wenn man viel Tanz in müden Beinen
Und Sprit in satten Bäuchen hat
Mag Mond und zugleich Sonne scheinen:
Man hat Gesang und Messer satt.
Die hellen Sternennächte schaukeln
Sie mit Musik in süße Ruh
Und mit geblähten Segeln gaukeln
Sie unbekannten Meeren zu.
O Himmel, strahlender Azur!
Enormer Wind, die Segel bläh!
Laßt Wind und Himmel fahren! Nur
Laßt uns um Sankt Marie die See!

9
Doch eines Abends im Aprile
Der keine Sterne für sie hat
Hat sie das Meer in aller Stille
Auf einmal plötzlich selber satt.
Der große Himmel, den sie lieben
Hüllt still in Rauch die Sternensicht
Und die geliebten Winde schieben
Die Wolken in das milde Licht.
O Himmel, strahlender Azur!
Enormer Wind, die Segel bläh!
Laßt Wind und Himmel fahren! Nur
Laßt uns um Sankt Marie die See!

10

Der leichte Wind des Mittags fächelt
Sie anfangs spielend in die Nacht
Und der Azur des Abends lächelt
Noch einmal über schwarzem Schacht.
Sie fühlen noch, wie voll Erbarmen
Das Meer mit ihnen heute wacht
Dann nimmt der Wind sie in die Arme
Und tötet sie vor Mitternacht.
O Himmel, strahlender Azur!
Enormer Wind, die Segel bläh!
Laßt Wind und Himmel fahren! Nur
Laßt uns um Sankt Marie die See!

11

Noch einmal schmeißt die letzte Welle
Zum Himmel das verfluchte Schiff
Und da, in ihrer letzten Helle
Erkennen sie das große Riff.
Und ganz zuletzt in höchsten Masten
War es, weil Sturm so gar laut schrie
Als ob sie, die zur Hölle rasten
Noch einmal sangen, laut wie nie:
O Himmel, strahlender Azur!
Enormer Wind, die Segel bläh!
Laßt Wind und Himmel fahren! Nur
Laßt uns um Sankt Marie die See!

Von den großen Männern

1
Die großen Männer sagen viele dumme Sachen
Sie halten alle Leute für dumm
Und die Leute sagen nichts und lassen sie machen
Dabei geht die Zeit herum.

2
Die großen Männer essen aber und trinken
Und füllen sich den Bauch
Und die andern Leute hören von ihren Taten
Und essen und trinken auch.

3
Der große Alexander, um zu leben
Brauchte die Großstadt Babylon
Und es hat andere Leute gegeben
Die brauchten sie nicht. Du bist einer davon.

4
Der große Kopernikus ging nicht schlafen
Er hatte ein Fernrohr in der Hand
Und rechnete aus: die Erde drehe sich um die Sonne
Und glaubte nun, daß er den Himmel verstand.

5
Der große Bert Brecht verstand nicht die ein-
[fachsten Dinge
Und dachte nach über die schwierigsten, wie zum
[Beispiel das Gras
Und lobte den großen Napoleon
Weil er auch aß.

6
Die großen Männer tun, als ob sie weise wären
Und reden sehr laut – wie die Tauben.
Die großen Männer sollte man ehren
Aber man sollte ihnen nicht glauben.

Aberglaube

Vierblättriges Kleeblatt
Lieschen fand's am Rain.
Vor Freude es zu haben
Sprang Lieschen übern Graben
Und brach ihr bestes Bein.

Spinnelein am Morgen
Lieschen wurd es heiß.
Der Tag bracht keinen Kummer
Und abends vor dem Schlummer
Bracht Vater Himbeereis.

Der Storch bringt nicht die Kinder.
Die Sieben bringt kein Glück.
Und einen Teufel gibt es nicht
In unsrer Republik.

IV. Über gewisse Welträtsel, betrachtet vom philosophischen Standpunkt der Philosophie

Vom Mitmensch

1
Schon als ein Mann, die Monde zählend
Ihn auszog wie an einem Stiel
Schrie er laut auf, als er rot, elend
Und klein aus einem Weibe fiel.
Sie warteten. Mit Schwamm und Leinen!
Sie grüßten mit Trompetenschall.
Sie wuschen mit gerührtem Weinen
Den Kot ihm ab. (Auf jeden Fall.)

2
Von nun an sind sie ihm gewogen.
Er ist ihr Kind, er ist ihr Mann.
Sie rühren, wenn er ausgezogen
Den Tünchnerkalk mit Tränen an.
Und wenn er frißt, so sind sie heiter
Sie sehen strahlend seinen Mist.
Er sieht: sie tragen schwarze Kleider
Wenn ihm sein Hund verendet ist.

3
Sie tun ihr Wort in seine Zähne.
Er sagt's. Sie haben's schon gesagt.
Es nagt das Bein an die Hyäne
Und die Hyän' ist angenagt.
Und nennt er seine Wolken Schwäne
So schimpfen sie ihn hungrig blind
Und zeigen ihm, daß seine Zähne
Genau wie ihre Zähne sind.

4
Sie setzten sich in seine Träume
(Da, wo er wohnt, sind ihre Räume).
Sie schlachten ihm ihre letzte Kuh
(Und schauen ihm beim Essen zu).
Versalzen's mit gerührten Tränen
Und gehen, wenn er's ißt, nicht fort.
Sie zählen grinsend seine Zähne
Und warten gläubig vorm Abort.

5
Und um ihm menschlich nahzukommen
Drehen sie ihm ihre Schwester an
Und netzen sie mit Bibelsprüchen
So daß er sie besteigen kann.
Und ihm lächelnd das Glied anfeuchtend
Wünschen sie angenehme Ruh.
Und ihn mit Scheinwerfern beleuchtend
Hören sie ihm durch Drähte zu.

6
Denn sie sind keine Ungeheuer
Und er ist nicht der gute Hirt
Sie legen die Hand für ihn ins Feuer
Und weinen, wenn er schwächer wird.
Dann zeigen sie ihm rote Bälge
Und sagen, wenn er sie vertrieb:
Das Ding, das die Geliebte melke
Das sei die Frucht, die von ihm blieb.

7
Er lebt in Furcht vor ihrem Grauen
Wenn sein Gefühl ihn überschwemmt.
Denn nahmen ihm die Haut die Schlauen
So ließen sie ihm doch das Hemd.
Er trug den Leib in manchem Hemde
Verstohlen durch das Tageslicht.
Er starb. Und die Geliebte kämmte
Ihm schnell die Haare ins Gesicht.

8
Sie hat an seinem Leib gelegen
Sie hat ihn satt der Welt gemacht
Sie sah sich seine Lider regen
Sie hat sein Schlafen überwacht.
Sie hat ihm ihre Sklavenkette
Tief in sein mildes Fleisch gewetzt
Er hat ihr auf dem Totenbette
Sein letztes Wort noch übersetzt.

Auslassungen eines Märtyrers

Ich z.B. spiele Billard in der Bodenkammer
Wo die Wäsche zum Trocknen aufgehängt ist und pißt.
Meine Mutter sagt jeden Tag: Es ist ein Jammer
Wenn ein erwachsener Mensch so ist.

Und so etwas sagt, wo ein anderer Mensch nicht an so etwas denkt.
Bei der Wäsche, das ist schon krankhaft, so was macht ein Pornografist!
Aber wie mir dieses Blattvordenmundnehmen zum Hals heraushängt
Und ich sage zu meiner Mutter: Was kann denn ich dafür, daß die Wäsche so ist!

Dann sagt sie: So etwas nimmt man nicht in den Mund, nur ein Schwein
Dann sage ich: Ich nehme es ja nicht in den Mund
Und: Dem Reinen ist alles rein
Das ist doch ganz natürlich, wenn einer sein Wasser läßt, das tut doch jeder Hund.

Aber dann weint sie natürlich und sagt: Von der Wäsche! Und ich brächte sie noch unter die Erde
Und der Tag werde noch kommen, wo ich sie werde mit den Nägeln auskratzen wollen
Aber dann sei es zu spät, und daß ich es noch merken werde
Was ich an ihr gehabt habe, aber das hätte ich dann früher bedenken sollen.

Da kannst du nur weggehen und deine Erbitterung niederschlucken
Wenn mit solchen Waffen gekämpft wird, und rauchen, bis du wieder auf der Höhe bist.
Dann sollen sie eben nichts von der Wahrheit in den Katechismus drucken
Wenn man nicht sagen darf, was ist.

Lied des Speichelleckers

1
Meine Seele kommt in Aufruhr
Alles in mir revoltiert
Wenn ich einen Menschen sehe
Der mit Recht von jedermann gemieden wird.
Er hat es sich selber zuzuschreiben
Daß er nicht mehr da ist für die Stadt.
Soll ich mit ihm auf dem Grußfuß bleiben
Den die Obrigkeit gezeichnet hat?
Nein, das ist mir nicht möglich!
Nein, das ist mir nicht möglich!

2
Was er immer auch getrieben
Darauf kommt es gar nicht an.
Er ist oben nicht gut angeschrieben
Damit ist er für mich abgetan.
Jedes andere Gefühl hat da zu schweigen.
Er ist oben unbequem!
Soll ich mich in seiner Nähe zeigen?
Soll man von mir sagen: der sprach auch mit dem?
Nein, das ist mir nicht möglich!
Nein, das ist mir nicht möglich!

3
Warum hat er sich's verdorben?
Hätt er besser aufgepaßt!
Solch ein schlechter Ruf ist schnell erworben
Und dann ist man eben oben dann verhaßt.
Nein, wer meinen guten Herrn beleidigt
Wer ihm frech die Stirne bot:
Soll man von mir sagen, ich hab den verteidigt?
Soll man von mir sagen, ich bin rot?
Nein, das ist mir nicht möglich!
Nein, das ist mir nicht möglich!

Von uns gehen eben dreizehn auf ein Dutzend

Von uns gehen eben dreizehn auf ein Dutzend
Einer ist ja immer dreingegeben
Und dann stehn wir, schimpfend, buckelnd,
Zum Vermieten [Schuhe putzend
Und wir bitten Sie, zu bieten
Denn wir müssen – leider – leben.

Einzigartige Exemplare
Sind schon lange ausgegangen
Von der billigen Dutzendware
Kann man nicht zuviel verlangen.

Wir sind billige Väter von der Stange
Passen gar nicht unsern Kindern
Zeigen sie sich vor uns bange
Dann verhaun wir ihren Hintern.

Gatten sind wir aus dem Ausverkaufe
Umtausch ist da nicht gestattet.
Nicht der Regen sind wir, sondern schon die Traufe
Doch am Samstag wird begattet.

Ach, die zarteren Gemüter
Unter uns sind schnell erledigt.
Und so sind als Menschen wir jetzt Ladenhüter
Billig abzugeben, weil beschädigt.

Das Beschwerdelied

So mancher rennt sich müd
Weil er die Ruh zu sehr
Liebt. Alle rennen nach dem Glück:
Das Glück rennt hinterher.
Wer sich lang zermartert
Kommt zu spät zum Fraß.
Wer sich kurz zermartert
Rennt die falsche Straß.

Weit schneller rennt man ohne Kopf
Verliert ihn gern und dann
Greift man die Frucht und staunt, daß man
Ohne Kopf nichts fressen kann.
Wollt ihr Sterne langen
Müßt ihr rennen sehr.
Denn ihr tragt an Stangen
Schnell sie vor euch her.

Der Baum des Lebens strotzt
Von Früchten überall:
Steig nicht hinauf, du schind'st dich nur:
Man pflückt sie nur im Fall!
Wird euch von der Meute
Zahnwerk eingehauen
Müßt ihr Zahn und Beute
Ungekaut verdauen.

Und kommt ihr hoch, so kommt
Ihr höchstens auf ein Weib
Das zieht ihr aus, sie euch hinab:
Ihr zahlt den Zeitvertreib.
Schön ist das Leben
Wenn du schöner bist:
Dann bleibst du dran kleben
Weil es schmutzig ist.

Das ewig Weibliche
Ja, manchen zieht's hinan:
An einen Galgen sehr solid!
Nur hängt kein Mann dann dran.
Sind zu kurz die Brücken
Was das Herz beschweren!
Ob viel oder wenig fehlt
Daß sie lang g'nug wären!

Das Lied von der Unzulänglichkeit menschlichen Strebens

1
Der Mensch lebt durch den Kopf
Der Kopf reicht ihm nicht aus
Versuch es nur, von deinem Kopf
Lebt höchstens eine Laus.
  Denn für dieses Leben
  Ist der Mensch nicht schlau genug.
  Niemals merkt er eben
  Allen Lug und Trug.

2
Ja, mach nur einen Plan
Sei nur ein großes Licht!
Und mach dann noch 'nen zweiten Plan
Gehn tun sie beide nicht.
  Denn für dieses Leben
  Ist der Mensch nicht schlecht genug.
  Doch sein höh'res Streben
  Ist ein schöner Zug.

3
Ja, renn nur nach dem Glück
Doch renne nicht zu sehr!
Denn alle rennen nach dem Glück
Das Glück rennt hinterher.
Denn für dieses Leben
Ist der Mensch nicht anspruchslos genug
Drum ist all sein Streben
Nur ein Selbstbetrug.

4
Der Mensch ist gar nicht gut
Drum hau ihn auf den Hut.
Hast du ihn auf den Hut gehaut
Dann wird er vielleicht gut.
Denn für dieses Leben
Ist der Mensch nicht gut genug
Darum haut ihn eben
Ruhig auf den Hut.

Ballade vom Knopfwurf

1
Kommt zu mir ein krummer Mann
Und fragt schüchtern bei mir an:
Ob ihn wohl mein schönstes Mädchen liebt
Sag ich ihm, daß es das manchmal gibt.
Aber dann reiß ich ihm einen Knopf vom Kragen
Und sag: Laß uns, Freund, das Schicksal fragen!
Wollen sehn:
Wenn die Löcher aufwärts schauen
Kannst du ihr vielleicht nicht trauen
Und mußt ein Haus weitergehn.
Laß mich sehen, ob du ohne Glück bist!
Und ich werf den Knopf und sag: Du bist es.
Sagen sie dann: Aber diese Löcher
Gehn doch durch! Dann sage ich: So ist es.
Und ich sag: Das Glück hat gegen dich entschieden!
Siehst du's ein, ersparst du dir nur Qualen.
Dir wird Liebe nicht geschenkt hienieden
Wenn du Liebe brauchst, mußt du bezahlen.

2
Kommt zu mir ein dummer Mann
Und fragt zweifelnd bei mir an:
Ob sein Bruder ehrlich teilen mag
Sage ich: Das gibt es. Ohne Frag.
Aber dann reiß ich ihm einen Knopf vom Kragen
Und sag: Laß uns, Freund, das Schicksal fragen!
Wollen sehn:
Wenn die Löcher oben liegen
Wird er dich vielleicht betrügen
Und nach seinem Vorteil gehn.
Laß mich sehen, ob du ohne Glück bist!
Und ich werf den Knopf und sag: Du bist es.
Sagen sie dann: Aber diese Löcher
Gehn doch durch! Dann sage ich: So ist es.
Und ich sag: Das Glück hat gegen dich ent-
[schieden!
Wenn du zweifelst, gibt's für dich nur Qualen.
Wenn du Ruhe willst und halbwegs Frieden
Mußt du deinem Bruder das bezahlen.

3
Kommt zu mir ein armer Mann.
Meldet zornig bei mir an:
Reicher Mann zerstört mir Heim und Herd
Ob ich wohl dafür was kriegen werd?
Reiß ich ihm zuerst mal einen Knopf vom Kragen
Und sag: Laß uns, Freund, das Schicksal fragen!
Wollen sehn:
Wenn die Löcher oben liegen
Wirst du vielleicht gar nichts kriegen
Und brauchst nicht herumzustehn.
Laß mich sehen, ob du ohne Glück bist!
Und ich werf den Knopf und sag: Du bist es!
Sagen sie dann: Aber diese Löcher
Gehn doch durch! Dann sage ich: So ist es!
Und ich sag: Das Glück hat gegen dich ent-
[schieden
Und das wirst du sehn zu vielen Malen.
Was du immer anfängst, Freund, hienieden
Unrecht oder Recht: du wirst bezahlen!

Der Matrosen-Song

1
Hallo, jetzt fahren wir nach Birma hinüber
Whisky haben wir ja noch genügend dabei
Und Zigarren nehmen wir Henry Clay
Und die Mädels sind wir ja auch schon über.
Na, da sind wir eben jetzt so frei.
Denn andere Zigarren, die rauchen wir nicht
Und weiter wie Birma reicht dem Kasten der Rauch nicht
Und einen lieben Gott, den brauchen wir nicht
Und einen Anstand, den brauchen wir auch nicht.
Na also, good-bye!

Und das segelt so hin – und das kommt auch mal an
Und ein lieber Gott läßt sich nicht blicken.
Und dem lieben Gott, dem liegt vielleicht auch gar nichts daran
Und wenn, dann muß er sich dreinschicken.
Na also, good-bye!

Mit Mensch-bei-mir-nicht und Na-wat-denn-mein-Sohn
Und fehlt's wo, dann laß mich's nur wissen
Und 'ne feinere Regung nicht um 'ne Million
Da wird eben auf alles geschissen.
  Und das Meer ist blau, so blau – und das geht alles seinen Gang
  Und wenn die Chose aus ist, dann fängt's von vorne an.
  Und das Meer ist blau, so blau – und das geht ja auch noch lang
  Und das Meer ist blau, so blau – und das Meer ist blau.

2
Da könnten wir z. B. mal ins Kino gehn
Das kostet Geld, das hat doch kein Gewicht.
Ja, graue Haare wachsen lassen wir uns nicht
Leute wie wir, die müssen sich auch mal amüsieren.
Denn für sie da gibt es keine Pflicht.
Zigarren unter 5 Cent, die rauchen sie nicht
Und Schwarzbrot verträgt doch ihr Bauch nicht
Und für andere sorgen, das brauchen sie nicht
Und mal in sich gehen, brauchen die auch nicht
Das hat kein Gewicht.

Und das lebt so dahin und das stellt so was an
Und ein lieber Gott läßt sich nicht blicken.
Und dem lieben Gott, dem liegt vielleicht auch gar nichts daran
Und wenn, dann muß er sich dreinschicken.
Ja, warum denn nicht?

Mit Mensch-bei-mir-nicht und Na-wat-denn-mein-Sohn
Und fehlt's wo, dann laß mich's nur wissen
Und 'ne feinere Regung nicht um 'ne Million
Da wird eben auf alles geschissen.
  Und das Meer ist blau, so blau – und das geht alles seinen Gang
  Und wenn die Chose aus ist, dann fängt's von vorne an.
  Und das Meer ist blau, so blau – und das geht ja auch noch lang
  Und das Meer ist blau, so blau – und das Meer ist blau.

3
(Ja, da braucht jetzt nur einmal ein Sturm zu kommen.)
Na ja, da ist ja schon das Dock von Birma.
Halt du, das ist doch nur 'ne schwarze Wolkenwand
Mensch und *die* Wellen, 's ist ja allerhand!
Mensch, das verschlingt uns ja die ganze Firma.
Ja, da sind wir jetzt glatt am Rand.
Bald sinkt das Schiff zu Grund, das Meer geht drüber
Und die versunken sind, sucht auch nur mehr der Hai
Da hilft kein Whisky mehr und keine Henry Clay.
Wo's jetzt hingeht, da geht kein Mädchen mehr mit rüber
Ja, da heißt's auf einmal jetzt, good-bye!

Und das Wasser, das steigt, und das Schiff, das versinkt
Und ein rettender Strand läßt sich nicht blicken.
Nur ein Schiff, das nicht schwimmt, nur ein Strand, der nicht winkt
Und da muß jeder sich dreinschicken.
Na also, good-bye!

Da hört man auf einmal keine großen Reden mehr
Da sind sie auf einmal alle ganz klein.
Da plappern sie plötzlich alle ein Vaterunser her
Da will's plötzlich keiner mehr gewesen sein.
Denn jetzt ist's vorbei, und
Jetzt will ich euch mal was sagen: das kennen wir schon!
Da wird ein Leben lang das Maul aufgerissen
Und steht so was dann vor Gottes Thron
Dann wird in die Hosen geschissen.
  Ja, das Meer ist blau, so blau – und das geht alles seinen Gang
  Nur wenn die Chose aus ist, fängt's nicht von vorne an.
  Ja, das Meer ist blau – so blau, und das geht ja auch noch lang
  Ja, das Meer ist blau, so blau, ja, das Meer ist blau.

Gegen Verführung

1
Laßt euch nicht verführen!
Es gibt keine Wiederkehr.
Der Tag steht in den Türen;
Ihr könnt schon Nachtwind spüren:
Es kommt kein Morgen mehr.

2
Laßt euch nicht betrügen
Daß Leben wenig ist.
Schlürft es in schnellen Zügen!
Es wird euch nicht genügen
Wenn ihr es lassen müßt!

3
Laßt euch nicht vertrösten!
Ihr habt nicht zuviel Zeit!
Laßt Moder den Erlösten!
Das Leben ist am größten:
Es steht nicht mehr bereit.

4
Laßt euch nicht verführen
Zu Fron und Ausgezehr!
Was kann euch Angst noch rühren?
Ihr sterbt mit all den Tieren
Und es kommt nichts nachher.

Das Lied
vom Sankt Nimmerleinstag

Eines Tags, und das hat wohl ein jeder gehört
Der in ärmlicher Wiege lag
Kommt des armen Weibs Sohn auf ’nen goldenen Thron
Und der Tag heißt Sankt Nimmerleinstag.
  Am Sankt Nimmerleinstag
  Sitzt er auf ’nem goldenen Thron.

Und an diesem Tag zahlt die Güte sich aus
Und die Schlechtigkeit kostet den Hals
Und Verdienst und Verdienen, die machen gute Mienen
Und tauschen Brot und Salz.
  Am Sankt Nimmerleinstag
  Da tauschen sie Brot und Salz.

Und das Gras sieht auf den Himmel hinab
Und den Fluß hinauf rollt der Kies
Und der Mensch ist nur gut. Ohne daß er mehr tut
Wird die Erde zum Paradies.
  Am Sankt Nimmerleinstag
  Wird die Erde zum Paradies.

Und an diesem Tag werd ich Flieger sein
Und ein General bist du.
Und du Mann mit zuviel Zeit kriegst endlich Arbeit
Und du armes Weib kriegst Ruh.
  Am Sankt Nimmerleinstag
  Kriegst armes Weib du Ruh.

Und weil wir gar nicht mehr warten können
Heißt es, alles dies sei
Nicht erst auf die Nacht um halb acht oder acht
Sondern schon beim Hahnenschrei.
  Am Sankt Nimmerleinstag
  Beim ersten Hahnenschrei.

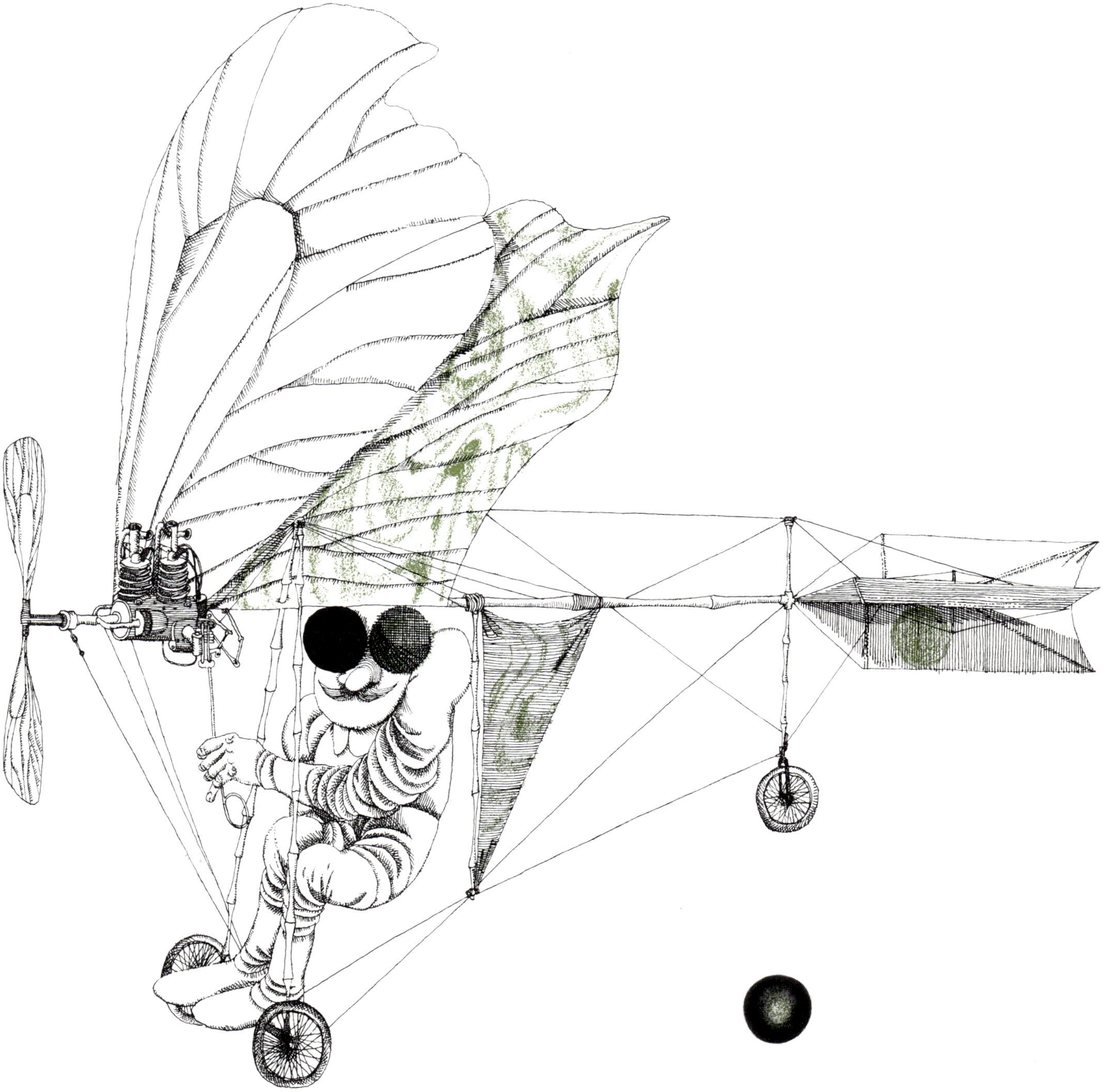

Ach, wie sollen wir die kleine Rose buchen?

Ach, wie sollen wir die kleine Rose buchen?
Plötzlich dunkelrot und jung und nah?
Ach, wir kamen nicht, sie zu besuchen
Aber als wir kamen, war sie da.

Eh sie da war, ward sie nicht erwartet.
Als sie da war, ward sie kaum geglaubt.
Ach, zum Ziele kam, was nie gestartet.
Aber war es so nicht überhaupt?

Lied von der großen Kapitulation

Einst, im Lenze meiner jungen Jahre
Dacht auch ich, daß ich was ganz Besondres bin
Und bestellte meine Suppe ohne Haare
Und von mir, sie hattens kein Gewinn.
Doch vom Dach ein Star
Pfiff: Wart paar Jahr!
  Und du marschierst in der Kapell
  Im Gleichschritt, langsam oder schnell
  Und bläsest deinen kleinen Ton:
  Jetzt kommt er schon.
  Und jetzt: das Ganze schwenkt!
  Der Mensch denkt: Gott lenkt.
  Keine Red davon!

Und bevor ein Jahr war abgefahren
Lernte ich zu schlucken meine Medizin.
Als sie einmal mit mir fix und fertig waren
Hatten sie mich auf dem Arsch und auf den Knien.
Und vom Dach der Star
Pfiff: Noch kein Jahr!
  Und sie marschiert in der Kapell
  Im Gleichschritt, langsam oder schnell
  Und bläset ihren kleinen Ton:
  Jetzt kommt er schon.
  Und jetzt: das Ganze schwenkt!
  Der Mensch denkt: Gott lenkt.
  Keine Red davon!

Viele sah ich schon den Himmel stürmen
Und kein Stern war ihnen groß und weit genug.
Doch sie fühlten bald beim Berg-auf-Berge-Türmen
Wie doch schwer man schon an einem Strohhut trug.
Und vom Dach der Star
Pfeift: Wart paar Jahr!
  Und sie marschiern in der Kapell
  Im Gleichschritt, langsam oder schnell
  Und blasen ihren kleinen Ton:
  Jetzt kommt er schon.
  Und jetzt: das Ganze schwenkt!
  Der Mensch denkt: Gott lenkt.
  Keine Red davon!

Lied des Wasserverkäufers im Regen

Ich hab Wasser zu verkaufen
Und nun steh ich hier im Regen
Und ich bin weithin gelaufen
Meines bißchen Wassers wegen.
Und jetzt schrei ich mein: Kauft Wasser!
Und keiner kauft es
Verschmachtend und gierig
Und zahlt es und sauft es.
(Kauft Wasser, ihr Hunde!)

Könnt ich doch dies Loch verstopfen!
Träumte jüngst, es wäre sieben
Jahr der Regen ausgeblieben:
Wasser maß ich ab nach Tropfen!
Ach, wie schrieen sie: Gib Wasser!
Jeden, der nach meinem Eimer faßte
Sah ich mir erst an daraufhin
Ob mir seine Nase paßte.
(Da lechzten die Hunde!)

Ja, jetzt sauft ihr kleinen Kräuter
Auf dem Rücken mit Behagen
Aus dem großen Wolkeneuter
Ohne nach dem Preis zu fragen.
Und ich schreie mein: Kauft Wasser!
Und keiner kauft es
Verschmachtend und gierig
Und zahlt es und sauft es.
(Kauft Wasser, ihr Hunde!)

Das Lied vom Rauch

Einstmals, vor das Alter meine Haare bleichte
Hofft mit Klugheit ich mich durchzuschlagen.
Heute weiß ich, keine Klugheit reichte
Je, zu füllen eines armen Mannes Magen.
  Darum sag ich: Laß es!
  Sieh den grauen Rauch
  Der in immer kältre Kälten geht: so
  Gehst du auch.

Sah den Redlichen, den Fleißigen geschunden
So versucht ich's mit dem krummen Pfad.
Doch auch der führt unsereinen nur nach unten
Und so weiß ich mir halt fürder keinen Rat.
  Und so sag ich: Laß es!
  Sieh den grauen Rauch
  Der in immer kältre Kälten geht: so
  Gehst du auch.

Die da alt sind, hör ich, haben nichts zu hoffen
Denn nur Zeit schafft's, und an Zeit gebricht's.
Doch uns Jungen, hör ich, steht das Tor weit offen
Freilich, hör ich, steht es offen nur ins Nichts.
  Und auch ich sag: Laß es!
  Sieh den grauen Rauch
  Der in immer kältre Kälten geht: so
  Gehst du auch.

Von der Freundlichkeit der Welt

1
Auf die Erde voller kaltem Wind
Kamt ihr alle als ein nacktes Kind.
Frierend lagt ihr ohne alle Hab
Als ein Weib euch eine Windel gab.

2
Keiner schrieb euch, ihr wart nicht begehrt
Und man holte euch nicht im Gefährt.
Hier auf Erden wart ihr unbekannt
Als ein Mann euch einst nahm an der Hand.

3
Von der Erde voller kaltem Wind
Geht ihr all bedeckt mit Schorf und Grind.
Fast ein jeder hat die Welt geliebt
Wenn man ihm zwei Hände Erde gibt.

Gegenlied zu „Von der Freundlichkeit der Welt"

Soll das heißen, daß wir uns bescheiden
Und „so ist es und so bleibt es" sagen sollen?
Und, die Becher sehend, lieber Dürste leiden
Nach den leeren greifen sollen, nicht den vollen?

Soll das heißen, daß wir draußen bleiben
Ungeladen in der Kälte sitzen müssen
Weil da große Herrn geruhn, uns vorzuschreiben
Was da zukommt uns an Leiden und Genüssen?

Besser scheint's uns doch, aufzubegehren
Und auf keine kleinste Freude zu verzichten
Und die Leidenstifter kräftig abzuwehren
Und die Welt uns endlich häuslich einzurichten!

Die Ballade vom Wasserrad

1
Von den Großen dieser Erde
Melden uns die Heldenlieder:
Steigend auf so wie Gestirne
Gehn sie wie Gestirne nieder.
Das klingt tröstlich, und man muß es wissen.
Nur: für uns, die sie ernähren müssen
Ist das leider immer ziemlich gleich gewesen.
Aufstieg oder Fall: wer trägt die Spesen?
Freilich dreht das Rad sich immer weiter
Daß, was oben ist, nicht oben bleibt.
Aber für das Wasser unten heißt das leider
Nur: daß es das Rad halt ewig treibt.

2
Ach, wir hatten viele Herren
Hatten Tiger und Hyänen
Hatten Adler, hatten Schweine
Doch wir nährten den und jenen.
Ob sie besser waren oder schlimmer:
Ach, der Stiefel glich dem Stiefel immer
Und uns trat er. Ihr versteht: ich meine
Daß wir keine andern Herren brauchen, sondern [keine!
Freilich dreht das Rad sich immer weiter
Daß, was oben ist, nicht oben bleibt.
Aber für das Wasser unten heißt das leider
Nur: daß es das Rad halt ewig treibt.

3

Und sie schlagen sich die Köpfe
Blutig, raufend um die Beute
Nennen andre gierig Tröpfe
Und sich selber gute Leute.
Unaufhörlich sehn wir sie einander grollen
Und bekämpfen. Einzig und alleinig
Wenn wir sie nicht mehr ernähren wollen
Sind sie sich auf einmal völlig einig.
  Denn dann dreht das Rad sich nicht mehr weiter
  Und das heitre Spiel, es unterbleibt
  Wenn das Wasser endlich mit befreiter
  Stärke seine eigne Sach betreibt.

Inhaltsverzeichnis

III. Über historische Persönlichkeiten, welche uns zur Ermahnung und Erbauung dienen

IV. Über gewisse Welträtsel, betrachtet vom philosophischen Standpunkt der Philosophie

ISBN 3-359-00295-4

Mit freundlicher Genehmigung des Suhrkamp Verlages, Frankfurt am Main

8. Auflage

Einbandentwurf: Klaus Ensikat
Druck und Bindung: Druckerei zu Altenburg

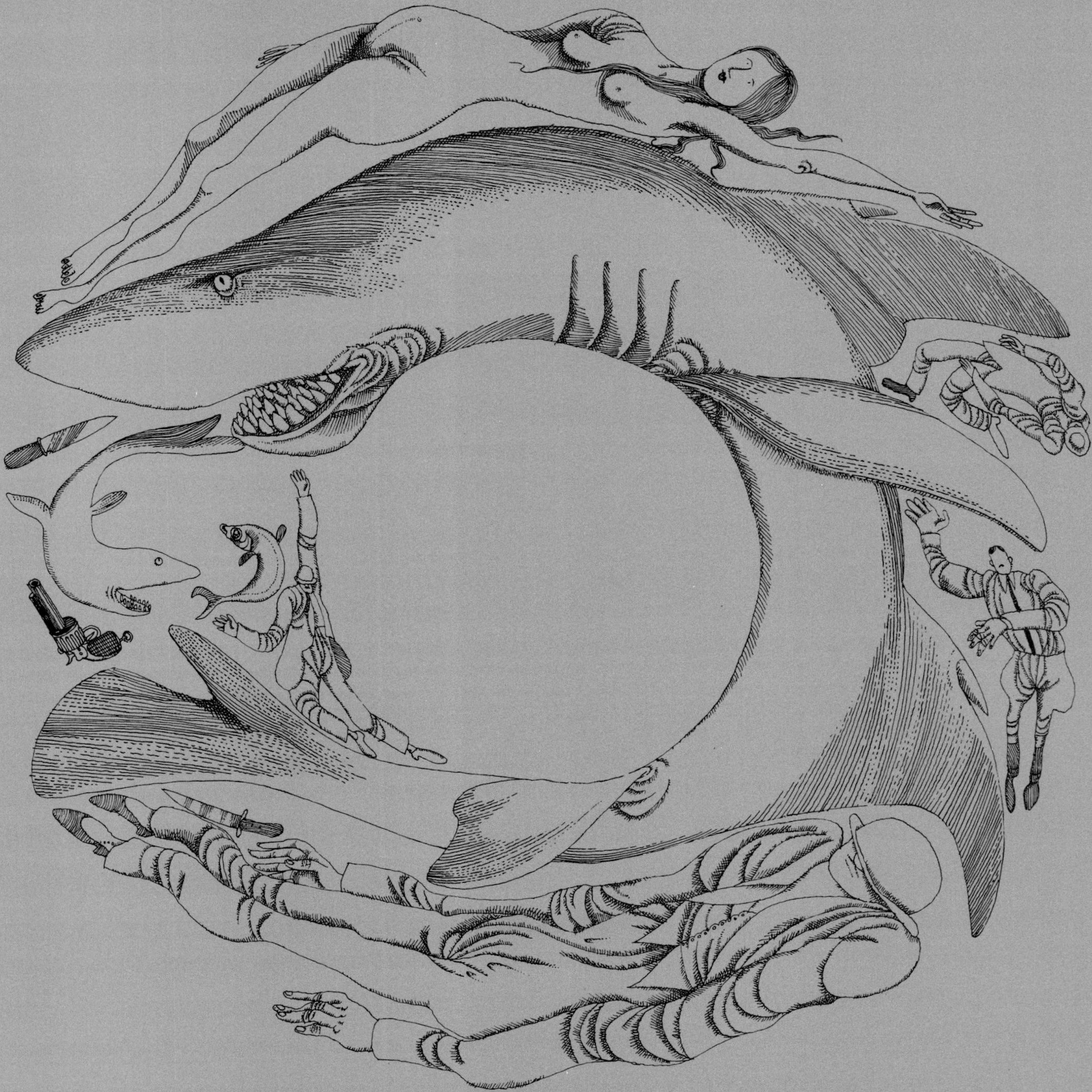